NO COLO DO PAI

HANIF KUREISHI

No colo do pai

Tradução
Celso Nogueira

Copyright © 2004 by Hanif Kureishi
Proibida a venda em Portugal

Título original
My ear at his heart

Capa
Dupla Design

Preparação
Otacílio Nunes

Revisão
Arlete Sousa

Dados Internacionais de Catalogação na Publicação (CIP)
(Câmara Brasileira do Livro, SP, Brasil)

Kureishi, Hanif
    No colo do pai / Hanif Kureishi ; tradução Celso Nogueira.
— São Paulo : Companhia das Letras, 2006.

    Título original: My ear at his heart.
    ISBN 85-359-0928-1

    1. Autores ingleses - Século 20 - Biografia 2. Pais e filhos
3. Kureishi, Hanif - Família I. Título

06-7573   CDD-823.912

Índice para catálogo sistemático:
1. Autores ingleses : Século 20 : Biografia 823.912

[2006]
Todos os direitos desta edição reservados à
EDITORA SCHWARCZ LTDA.
Rua Bandeira Paulista, 702, cj. 32
04532-002 — São Paulo — SP
Telefone (11) 3707-3500
Fax (11) 3703-3501
www.companhiadasletras.com.br

Para minha mãe e para meus filhos

1.

No chão, num canto do meu escritório, saliente sob a pilha de papéis diversos, há uma pasta verde velha e surrada que contém o texto capaz de, suponho, revelar muita coisa a respeito de meu pai e de meu próprio passado. Desde que o descobri, porém, fico olhando para ele, depois desvio a vista para me concentrar em outra coisa, pensando nele sem fazer nada a respeito. Recebi o original há poucas semanas, reaparecido depois de mais de onze anos. É um romance escrito por meu pai, um legado de palavras, um testamento prolongado, talvez — ainda não sei o que contém. Como o restante de sua obra de ficção, nunca foi publicado. Acho que devo lê-lo.

Quando comecei a pensar no livro que estou escrevendo, deitado à noite na cama — antes de acharem o texto de meu pai — eu pretendia que a obra começasse com outros livros. Refletia sobre o passado, como agora faço freqüentemente, recuando mais e mais nos devaneios, e pensava que reler os autores que apreciava na juventude talvez fosse um modo de captar meu jeito quando jovem. Retornaria, por exemplo, a Kerouac, Dostoiévski, Salinger, Orwell, Hesse, Ian Fleming e Wilde, para ver se conseguiria habitar novamente os mundos que um dia eles criaram em minha mente, e me reconhecer dentro deles.

Além de tratar dos escritores mais importantes para mim, o livro deveria versar sobre os anos 1960 e 1970, postos ao lado do presente, incluindo material sobre o contexto no qual a leitura e depois a releitura ocorreram. Cada livro, eu esperava, reacenderia lembranças das circunstâncias em que fora lido. Isso faria então com que eu pensasse no que cada livro específico passara a representar para mim.

Independentemente de quem mais constasse no livro, decidi desde logo concentrar o foco na obra de Tchecov, em suas cartas, peças e contos. Ele era um dos escritores favoritos de meu pai, e o discutíamos com freqüência, o médico e o homem. Todos os livros contêm alguma atitude perante a vida, mas com o tempo abandonamos a maioria dessas abordagens; como relacionamentos extintos, elas não têm mais nada a nos oferecer. Mas ainda sinto curiosidade a respeito de Tchecov e das numerosas vozes que sua obra consegue sustentar, penso com freqüência em retornar não apenas a seus escritos mas a ele como homem, retornar ao modo como ele pensava e sentia e às questões que propunha.

Atingi uma espécie de consciência pessoal e política nos anos 1970, uma época particularmente ideológica de auto-representação agressiva. Mulheres, gays e negros começavam a divulgar uma versão nova ou inédita de sua história. Para alguém que pretendia trabalhar no teatro, como eu, era impossível escapar ao argumento de que a cultura era inevitavelmente política. Depois de Trotsky ter dito que "a função da arte em nossa época é determinada por sua atitude perante a revolução", as únicas questões que restavam aos escritores eram: onde você se encontrava? O que você estava fazendo? (Ninguém poderia dizer: que revolução? sem ser excluído da conversa.)

Quando eu não sabia qual era o objetivo de minha arte, ou quando queria pensar no que fazia como uma exploração de idéias e personalidades, eu me lembrava de Tchecov. Era um escritor sutil, o poeta supremo da desilusão, do sofrimento e da impotência; e, a exemplo de Albert Camus, um homem capaz de ver que ser empurrado para um nicho ideológico não beneficiava ninguém.

O livro que eu pretendia escrever originalmente teria uma forma "livre", mais para o diário do que para a crítica, e trataria do modo como se lê ou se faz uso da literatura, tanto quanto de outras coisas. Afinal, é raro — para mim — ler um livro de ponta a ponta numa tacada. Leio, vivo, retorno ao livro, esqueço quem são os personagens (principalmente se eles têm nomes russos), pego outro livro, deixo de lado, saio de férias, e talvez chegue ao final sem me lembrar do começo.

Na adolescência, e na fase dos vinte ou trinta anos, eu lia regularmente e até seriamente. Digo seriamente porque lia coisas que não queria e até fazia anotações, esperando com isso ajudar que o material se tornasse parte de mim. Eu imaginava ter tido uma educação precária até os dezesseis anos. Ou melhor, tendo lido tantos romances sobre escolas particulares — parecia não haver outro tipo de livros juvenis — eu tinha fantasias assustadoras sobre os meninos das escolas particulares, lotados de livros, meninos como meu pai, que conhecia latim e entendia sintaxe. Eu me convencera de que eles estavam intelectualmente muito à minha frente, e portanto socialmente também. As pessoas iam querer ouvir o que eles tinham a dizer.

O que eu exigia da leitura era ampliar meus conhecimentos, e o que eu chamava de minha "orientação". Isso queria dizer ter novas idéias que funcionassem como instrumentos ou instruções, servindo para que eu me sentisse menos desamparado no mundo, menos desprovido, menos criança. Se as coisas fossem conhecidas de antemão, não pareceriam tão intimidantes, a pessoa estaria preparada, como se tivesse um mapa do futuro. Minha mãe e minha irmã me intrigavam, por isso eu queria saber mais sobre sexo, por exemplo, e como eram as mulheres, o que sentiam e pensavam, e se faziam isso de um jeito diferente dos homens, principalmente quando os homens não estavam presentes. E, quando comecei a escrever, queria descobrir o que se passava no mundo literário, o que os outros escritores faziam e pensavam — como simbolizavam o mundo contemporâneo, por exemplo — e o que eu, por minha vez, seria capaz de fazer.

Embora eu tenha a meu respeito a idéia de que não recebi instrução suficiente — suficiente para quê? —, há alguns anos minha mãe encontrou, no sótão da casa suburbana onde ainda reside, um caderno com capa caseira de papel de parede. Eu o iniciei em 1964, aos dez anos, e listei os livros que havia lido. Deve ter sido mais ou menos nessa época que comecei a anotar tudo em montes de cadernos de nomes cada vez mais pomposos, como se o mundo só ganhasse realidade quando traduzido em palavras. Pensando nisso agora, não posso deixar de considerar estranho que "educação" para mim sempre tenha significado ler, acumular informação. Nunca pensei nisso em termos de experiência, por exemplo, nem de sentimento, prazer ou conversas.

Em 1964, para minha surpresa, li cento e vinte e dois livros. Alguns de Arthur Ransome; mais Enid Blyton do que precisava; E. Nesbit; Mark Twain; Richmal Crompton; esquisitices como *Pakistan cricket on the march*; *Adventure stories for boys*, escrito por "um monte de gente"; *Stalky & Co* e *O livro da selva*.

Quatro anos depois, em 1968, o tom havia mudado. Janeiro começa com *Billy Bunter the hiker*, mas logo depois dele veio *The man with the golden gun*, seguido por *G-Man at the Yard*, de Peter Cheyney. Depois, *From Russia with love, The saint, The Freddie Trueman story*, P. G. Wodehouse, Mickey Spillane, e a biografia dos Beatles, de Hunter Davies (entre parênteses, "relido", o que era incomum para mim naquela altura). Por fim, *Writing and selling fact & fiction*, de Harry Edward Neal.

Em 1974 eu deveria estar na universidade, mas não sentia vontade de freqüentar as aulas. Afinal de contas, desde os cinco anos eu ia à escola, comportado, quieto, atento. Na verdade, estava escrevendo e morando com minha namorada em Morecambe, Lancashire, uma cidade costeira gélida e decadente, não muito longe da usina nuclear de Heysham Head. Era a primeira vez que eu vivia com alguém que não era da família. Certa vez fomos de carona até a região dos lagos, em Cumbria, mas em geral caminhávamos pelas pedras e na areia, além de ouvirmos música. De vez em quando cozinhávamos e fazíamos refeições enormes, com cinco ou seis pratos, comendo até dizer chega, até que não conseguíamos mais nos mexer e caíamos no sono.

Morecambe ficava longe de Londres. Era essa a idéia. O problema é que abandonamos o lar e recriamos a vida doméstica em outro lugar, onde o regime que instauramos é ainda mais fervoroso, a obediência é ainda maior. Portanto, eu passava a maior parte do tempo a portas fechadas, tendo escrito em meu diário, em 1970, "Minha intenção é ficar o tempo inteiro no meu quarto". Meu pai desejara isso para mim — quando pensou que eu deveria ser escritor — e aquele já era o único local onde me sentia seguro, um sentimento que me acompanharia por vários anos, e que ainda me acompanha, em certa medida. Talvez eu sentisse vergonha da namorada por causa de meu hábito de anotar tudo, além de preencher listas, cadernos e muito mais. (Ainda elaboro listas, mas voltadas a outros temas.) Os livros lidos nessa época eram de Sartre e Camus, Alan Watts e Beckett, antes de a lista se interromper. Quem sabe eu tenha me aventurado no mundo, por um tempo. O último registro foi *Belos e malditos*, de Fitzgerald, do qual não me recordo praticamente nada, restou apenas a imagem memorável da mulher a chorar na cama, meio louca, abraçada a um sapato. Eu gostava de tudo que fosse erótico, claro. Não que houvesse muitas opções. *Lady Chatterley*, *Lolita* e até *O apanhador no campo de centeio* — então considerado um livro "sujo" — ficavam guardados no quarto de meu pai. Nenhum deles me foi de grande valia. James Bond era melhor; Harold Robbins representava uma satisfação deliciosa, despudorada. Minha namorada, uma boa professora, me apresentou às obras de Philip Roth e Erica Jong, bem como às de Miles Davis e Mahler.

Mas esses são outros artistas, e estou divagando. Mais urgente é a questão do livro semi-oculto na pasta que se projetava sob a pilha de outros papéis em meu escritório, papéis para os quais eu ainda precisava arranjar um lugar, e que me censuram cada vez que meu olhar se detém sobre eles. Devo dizer que a pasta contém um romance chamado *Uma adolescência indiana*. Meu pai, funcionário da embaixada paquistanesa em Londres, escreveu romances, contos, peças para rádio e teatro durante sua vida adulta inteira. Acho que ele terminou pelo menos quatro romances, todos recusados por diversos editores e agentes, algo traumático para minha família, que recebia as recusas como rejeições pessoais. Mas meu pai teve matérias jornalísticas publicadas sobre o Paquistão, sobre squash e críquete, além de ter escrito dois livros infanto-juvenis sobre o Paquistão.

Tenho certeza de que *Uma adolescência indiana* foi seu derradeiro romance, escrito provavelmente após a cirurgia no coração, para colocar pontes, quando já não trabalhava mais na embaixada onde estivera empregado durante a maior parte de sua vida adulta. Eu não sabia o que esperar do romance de papai, mas supunha que ficaria chocado e, provavelmente, comovido e perturbado. Seria pavoroso, seria uma obra-prima ou seria algo intermediário? Revelaria muito pouco, demais ou a conta certa? Por que hesitar agora? Eu gostaria de saber se continha algum tipo de mensagem para mim, e como eu poderia reagir.

Meu pai e seus numerosos irmãos sempre leram muito, e com seriedade. Quando se encontravam, enquanto limpavam e fumavam seus cachimbos, conversavam sobre literatura e política e trocavam livros. Suponho que o conhecimento fosse, para eles, uma coisa competitiva; adoravam discutir, a tensão intelectual entre eles era sempre alta, quase sanguinária, como se combatessem. Com meu pai havia passeios domingueiros até a "rua dos livros" — Charing Cross Road — só para homens, enquanto mamãe levava minha irmã para a aula de balé. A própria cidade era uma revelação e uma esperança para aquele menino magro e bem moreno que atravessava o rio de trem, passando pelos cortiços de Herne Hill e Brixton, vindo do subúrbio. Era intimidante, a grande metrópole imperial cheia de estátuas enormes: homens de rosto inexpressivo cobertos de titica de passarinho e medalhas, homens que comandaram exércitos e governaram nações. Para mim, aquilo era o império: declínio e relíquias. Meu pai não o via assim, pois nele vivera, como eu começava a entender quando ele falava na infância — um incidente com um irmão ou professor, uma piada, mas nada que pudesse entristecer algum dos dois.

As crianças ouvem muitas histórias, de inúmeras formas, antes que possam lê-las. Mas no centro de sua formação está a iniciação a uma história em desenvolvimento. Trata-se da lenda ou tradição familiar; pais e outros parentes tentam inoculá-la nos filhos. Independentemente do que estivesse acontecendo em minha vida, por meio dos livros eu penetrava numa narrativa, num mito que envolvia leitura e escritores, como se fosse uma transação familiar. Os esportes — e o críquete em especial —

participavam desse mito. Provavelmente nenhum de nós teria sido capaz de dizer exatamente que tipo de história seria. Mesmo assim, um recado importante estava sendo dado a respeito do que contava na família e de como eu deveria viver e quem deveria ser. Se cada criança tem seu lugar nos sonhos ou na economia da família, e se os pais têm um projeto para cada filho, nem eles nem os filhos podem ter certeza de qual seja.

Como era de se esperar, quando saí de casa eu tinha uma fé enorme nos livros. Embora as lacunas na leitura de meu pai sejam as minhas, e eu ainda despreze o que ele desprezava — não há nada mais duradouro do que uma fobia herdada na infância —, sei que se pode encontrar um livro adequado a cada estado de espírito, ou um livro capaz de mudar nosso estado de espírito, ou um livro que sugira um jeito diferente de pensar, sentir e ser. Imagens, pensamentos e fantasias inéditas surgem em nossa mente quando sentamos para ler. O livro certo, como uma droga, é capaz de pôr e manter alguém no estado de espírito desejado, por várias semanas.

Depois de abandonar a London University, para onde fora após apenas um ano na University of North London, eu tentava me tornar escritor, conforme os planos de meu pai. Se escrevia de manhã, passeava pela cidade à tarde. Sem destino, eu era um *flâneur* — um "vadio", nas palavras de meu pai, isto é, um desocupado — aprendendo a conhecer Londres por suas ruas e rostos, ansiando por alguém com quem conversar, uma moça com quem ficar, visitando sebos de livros, mais abundantes na época do que agora e onde sempre se podia encontrar obras singulares. Eu andava bem deprimido, calculo. Por curiosidade, havia começado a visitar um asilo mental antiquado em Surrey, onde fiquei chocado ao ver lunáticos drogados de cabeça raspada a balbuciar pelos corredores, e um velho que sempre usava tutu. O objetivo das visitas era, em tese, dar aos internos possibilidade de contato com o mundo exterior, mas eu precisa saber mais a respeito dos problemas mentais do que os livros me ofereciam. Estaria ficando louco? O supervisor me destacou para a função de "amigo" de uma beldade alemã de cútis porcelanizada que residia na Boltons, região dos milionários de South Kensington. Estava quase paralítica, como um dos primeiros casos de Freud, e me fez lembrar de um verso de Anne Carson, "[...] seu nervosismo extravasado qual um incêndio num palácio". Seus pais haviam cometido suicídio recentemente, um deles ao pular pela janela. Ficávamos sentados em seu apartamento, observando as cortinas esvoaçarem; de vez em quando, friamente, nos beijávamos. Ela fazia o possível, mas não conseguia me animar.

Creio que eu começava a perceber que, se é verdade que não podemos nos sujeitar à vontade de um livro, ele também não vai nos beijar, responder ao que dizemos ou nos trazer uma xícara de chá. Começamos a sentir fome e ansiar por algo, embora não saibamos o que é, pois nos disseram que histórias podem nos dar muita coisa. Será que podem curar tanto a solidão quanto a difícil realidade de outras pessoas de carne e osso?

As viagens literárias que eu fazia logo passaram a ser a mesma, todos os dias. A questão era essa. Do mesmo modo, hoje em dia, embora eu não esteja escrevendo muito, venho para o escritório e me sento aqui como se estivesse trabalhando. O local em que escrevo é uma sala no primeiro andar de minha casa na parte oeste de Londres, onde tenho dois computadores velhos e um monte de coisas em volta: CDs, livros, fotos, desenhos dos filhos, além de um retrato de meu pai, feito por minha mãe. Mantenho dúzias de canetas por perto, muitas delas tinteiro — que eu gosto de lavar e encher. Algumas pertenciam a meu pai. Prefiro escrever à mão do que digitar; o movimento da mão se aproxima do desenhar — rabiscar, na verdade — e do movimento interno. No fim, esses são hábitos; repetições diárias. Uma novidade serve como desculpa para outra atitude igual. Assim a gente sabe onde está. Beckett está cheio dessas obsessões — poderíamos chamá-las de repetições fúteis ou estéticas.

Não pensem que não notei que muitos artistas são impulsionados por rituais que cercam sua arte — silêncio, encher o papel, amassá-lo, jogá-lo no lixo — tanto quanto pelo assunto em si. Após alguns anos torna-se óbvio que a arte está ali para servir ao ritual, que é tudo. Se você não for obsessivo não poderá ser artista, por mais imaginação que tenha. Contudo, acho que às vezes me sento à escrivaninha apenas para obedecer a meu pai. Isso talvez explique por que fico tão furioso quando começo e por que não sei o que fazer quando termino. No entanto, se fosse só por isso, a esta altura eu já teria mudado de profissão.

Bem, embarcado neste projeto de "leitura", acreditando que realmente devo levá-lo adiante, retiro o original de sob a pilha e o folheio. Examino o livro por um tempo antes de guardá-lo, continuo a ponderar o que devo fazer com esse objeto, esse presente feito por meu pai. É uma carta de morto, entregue com mais de dez anos de atraso. Por mais tempo que tenha passado sem que o lessem, creio que um livro se torna um livro de verdade quando alguém o abre e tenta penetrar seu sentido, mesmo que seja apenas uma única pessoa. Examinar a datilografia precária, as supressões e os acréscimos rabiscados naquele original me leva a pensar nas limitações do romance produzido em massa, com seu ar impessoal, objetivo e competente. Por vezes sonho fazer meus próprios livros, manuscritos em cores distintas, com fotos, desenhos e versões diferentes, para dar uma idéia do processo ou percurso do livro.

Procuro não esquecer das condições em que meu pai escrevia. Ele passou a maior parte da adolescência doente. No hospital, convalescendo em casa, a caminho do médico, ou quase recuperado o suficiente para trabalhar, ou doente de novo. O pai dele era médico do exército, pretendia que os filhos e filhas seguissem a carreira. Curiosamente, ninguém quis; só meu pai dedicava boa parte do tempo aos médicos, assim como, graças à biblioteca local, aos mestres zen e budistas de vários tipos, e também aos "curandeiros da alma" literários como Jung e Alan Watts.

No lugar do islã que descartou meu pai — muçulmano indiano que deixara o país aos vinte e poucos anos, para nunca mais voltar — criou sua religião em casa, a partir de livros da biblioteca, de seu descontentamento e de sua ambição literária. Deve ter sido reconfortante para ele saber que não era o único místico de subúrbio. Alan Watts nascera a alguns pontos de ônibus dali, em Chislehurst; freqüentara uma escola perto de Bickley, antes de ir para a King's School, em Canterbury, onde estudara outro médico-escritor, Somerset Maugham, que escreveu sobre ela em *A servidão humana*. Watts depois se mudou para Bromley.

Foi em parte graças a Watts, que esporadicamente aparecia na tevê, que a "contracultura" entrou em nosso lar. Watts, que publicara seu primeiro livro aos dezenove anos, também escrevera sobre Jung. Numa noite de domingo, em meados dos anos 1960, as entrevistas de John Freeman com Carl Jung foram televisionadas. Minha mãe, com um ardor que lhe era atípico, disse, "Esse homem teve uma bela existência. Sua vida tem sido fascinante e digna de ser vivida". Por um tempo a fragilidade e as especulações religiosas de Jung me pareceram mais interessantes que a austeridade e as especulações sexuais de Freud.

Depois de ler a respeito das experiências de Jung com "associação de palavras", passei a me interessar pela "escrita automática". Como isso não me levou muito longe, voltei-me à livre associação como instrumento para soltar a imaginação. Antes, como escritor, eu trabalhava baseado em um "modelo acadêmico", acreditando que as melhores palavras e imagens resultavam do esforço para encontrá-las.

Para meu pai, durante esse período, a doença significava a chegada apressada do médico no meio da noite, com o pijama a aparecer sob a calça e as mangas do paletó, seguida da intermitente luz azul da ambulância, e o pacote precário, subitamente diminuto — meu pai — transportado na traseira. Adolescente, eu era obcecado por roupa e cabelo, só pensava no que eu poderia representar para uma mulher. (Em 1974 escrevi em meu diário: "Joanna falou sobre o dia em que fui jantar na casa dela e disse que lamentava eu ter apagado e dormido, bêbado, pois queria me conhecer melhor".) Mergulhado nessas preocupações, não consegui ser solidário o suficiente com meu pai. Era como se minha robustez, minha curiosidade vigorosa e meu entusiasmo sexual fossem um insulto ao sofrimento dos meus pais, a sua perda de força e energia. Como eu podia viver minha vida, se meu pai não conseguia viver a dele?

Mas a cama pode ser um bom lugar para se escrever, como qualquer outro. Acho que meu pai escreveu *Uma adolescência indiana* deitado, com um velho quadro-negro de criança à sua frente, para apoiar o papel. Quando ele se sentia melhor, datilografava o texto e o levava para o correio; depois, esperava. Por um tempo, havia esperança: em breve ele seria um escritor de sucesso.

O livro foi descoberto por minha agente, há alguns meses. Não tenho idéia de quanto tempo ela ficou com ele em seu escritório, mas faz quase onze anos que meu pai morreu. Eu nunca havia posto os olhos nele. Após os dezesseis anos nunca mais li seus romances, e não mostrava meu trabalho para ele. Suas críticas duras, um tanto irônicas, eram quase insuportáveis, e eu me comportava de modo igualmente rígido. Isso o magoava.

Além disso, há certos tipos de conhecimento que exigem cautela, informações a respeito dos pais que não temos certeza se queremos digerir, como se quiséssemos cristalizar uma idéia a respeito deles e tocar nossa vida para a frente. Por outro lado, a ignorância voluntária não é uma boa coisa. Concluí que leria o livro. Seria uma boa maneira de não reler Tchecov por um tempo. Meu pai não teria aprovado isso, porém. Ele trabalhava duro, tinha propósitos firmes, e sempre deixou claro, assim como minha mãe, que os dois passavam o dia fazendo coisas de que não gostavam. O tempo, portanto, não podia ser desperdiçado. (De repente eu me recordo de uma carta escrita por Tchecov a Máximo Gorki: "Você é um indivíduo jovem, vigoroso, rijo; em seu lugar eu estaria viajando para a Índia".)

Tendo estudado meus pais de perto até o final da adolescência, e pensado ou sonhado com eles na maioria dos dias desde então, boa parte do que "sei" deve ser suposição e fantasia. Desconfio que não poderia ser de outra maneira. Portanto, esta minha forma livre de trabalhar provavelmente está mais próxima da ficção do que eu gostaria. Mas nesta busca, espero, chegarei mais longe.

Tiro finalmente as folhas soltas datilografadas da pasta, deito no sofá do escritório, deposito a xícara de chá onde a posso alcançar, e leio o livro inteiro, superficial e rapidamente. Não me atenho aos detalhes de grande parte do romance. Mas percebo que é sobre meu pai, os pais dele e pelo menos um de seus irmãos. Passa-se em Poona e Bombaim, quase no final da era colonialista inglesa. Estamos "viajando para a Índia".

Ando pela sala, excitado. Encontrar o livro foi como achar uma caixa de fotos esquecidas que precisam ser inspecionadas uma a uma, detalhadamente. Contudo, as pessoas nas fotos permanecem em silêncio, o contexto e os sentimentos só podem ser suposições. No ensaio "Something given", publicado em

Dreaming and scheming, comecei a escrever sobre meu pai, fora da ficção, pela primeira vez, tentando pensar em como ele gostaria de ser conhecido como escritor, e no que isso significava para nossa família. Mas não tinha acesso objetivo ao passado, como agora. Imagino que haja, aqui — quando parece que abro uma porta para o passado preservado em palavras —, uma pista ou chave para a vida de meu pai, para o modo como ele convivia com minha mãe, para minha educação e para um contexto político e relações coloniais. Papai fala comigo novamente, e não apenas dentro de minha cabeça.

Levei um dia para ler direito o livro. Depois de terminar a leitura, fico chocado com tudo que ele parece me dizer, e com tudo que terei de encarar agora que entrei em seu labirinto. Serei diferente, ao sair? Mais importante, será meu pai diferente?

2.

O primeiro capítulo de *Uma adolescência indiana* se chama "O passado revisto. Final dos anos 30".

Devo enfrentar uma questão. Embora o livro de papai tenha sido escrito na terceira pessoa, com mudanças ocasionais "por engano" para a primeira, confesso que me parece inevitável ler as histórias como relatos pessoais verdadeiros, se não nos detalhes, pelo menos no sentimento. Incomoda-me, assim como a qualquer romancista, ver meu trabalho reduzido a autobiografia, como se eu tivesse apenas registrado os acontecimentos. Com freqüência, escrever é tanto uma reflexão sobre a experiência quanto um substituto para ela, um "em vez de" no lugar de "reviver", uma espécie de devaneio. É impossível desemaranhar a relação entre a vida e sua narrativa. Mesmo assim, o que quer que meu pai tenha feito, eu o reconstruirei a partir desses fragmentos e pistas, tentando localizar sua "personalidade" nesses relatos e digressões. E onde mais eu poderia procurar? Em *Retrato de uma senhora*, de Henry James, Madame Merle diz: "Não existe uma mulher ou um homem isolado; todos somos

Meu pai quando criança

feitos de um conjunto de acessórios. O que devemos chamar de 'personalidade'? Onde começa? Onde termina? Ela transborda em tudo que nos pertence — e depois flui de volta".

Lembro-me de meu pai insistir, para mim e para minha agente, que o livro dele era um romance. Quando minha agente sugeriu que ele poderia aumentar a chance de publicação da obra se a apresentasse como suas memórias, meu pai seguiu argumentando que era ficção. "Disso eu não abro mão", ele declarou, firme.

Claro, havia no livro muitos diálogos, personagens e incidentes dramatizados. Talvez meu pai necessitasse que fosse um romance, porque o livro continha muita verdade. Para se manifestar ele precisava do disfarce do personagem e da narrativa organizada. Mas, como qualquer obra de arte, um livro é uma série de ilusões, e por mais que elas sejam convincentes, por mais que você se reconheça nos personagens e em seus dilemas, há um personagem por trás de todos os outros. É o autor oculto, que está em toda parte e em lugar nenhum, o sonhador em pessoa, o mágico que fez a mágica, com quem a gente também se identifica. Quando jovem, se eu descobrisse um autor de meu agrado, procurava logo tudo que fora escrito a seu respeito. Ele ou ela, assim como a obra, tornava-se o foco do interesse, a fonte das palavras. Se ele gostava de chapéus, eu contemplava a possibilidade de comprar um chapéu; ler Scott Fitzgerald sempre me inspirou a ir ao bar. É fato, o lugar que os escritores e artistas ocupam na imaginação do público existe para além de sua obra.

Seja qual for o tipo de livro escrito por papai, não há como negar que as digitais do mágico estão por toda parte, ou que ele fez algo elementar mas tradicional ao buscar um auto-retrato, uma tentativa de dizer alguma coisa a respeito de sua vida por meio de uma história em que ele se encontrava no centro. É também um convite para que os outros o vejam. Mas o que eu verei exatamente? As pessoas sempre dizem mais do que pretendiam. As palavras ganham vida própria, um impulso independente. É esse "transbordamento" que me atrai.

Faltam oitenta páginas no meio do livro. Na hora do almoço pergunto a minha mãe se ela tem uma cópia. Não tem. Creio que será impossível localizá-las. Não são apenas as páginas ausentes que criam o efeito de uma narrativa incompleta. Se eu fosse o editor de meu pai — como sou agora, claro, nós dois estamos trabalhando juntos novamente, como fazíamos no subúrbio, eu datilografava no andar de cima, ele no de baixo —, diria que o material nem sempre está organizado de forma coerente. Meu pai parece embarcar numa digressão depois da outra, sem retornar ao ponto de partida, à medida que as histórias se desdobram em outras, acreditando que o leitor gostará de acompanhá-lo. *Uma adolescência indiana* possui a virtude de reproduzir o padrão de sua mente, em vez de seguir o modelo de outros livros, mais ortodoxos. Mantém o mínimo de continuidade para ser legível e apreciado. Meu pai fez com que eu mergulhasse na Índia de sua infância — e da minha também, através das histórias da Índia que trouxera consigo.

Estou escrevendo este livro do jeito que ele escreveu o dele, como um tipo de colagem, esperando que as coisas se encaixem, por mais separadas e fragmentadas que possam parecer, como qualquer mente. Muitos dos jovens escritores a quem dou aulas se preocupam com a estrutura de sua obra, mas eu lhes digo que no início a forma de um texto é quase sempre o que há de menos interessante nele.

Uma adolescência indiana começa com uma perda. Shani, dezesseis anos — o apelido de meu pai era Shannoo — está sozinho em casa com a mãe em Poona, enquanto o pessoal da mudança encaixota tudo. O pai, coronel Murad, pediu baixa recentemente como médico do exército e agora pretende tocar um negócio. Comprou uma fábrica de sabão. Hoje está fora, foi a Bombaim com o outro filho, Mahmood, para organizar as novas acomodações.

Shani atravessa a casa e chega ao jardim, pensando no que vai acontecer com eles. "Enquanto caminhava ele tocava as árvores — tamarindo, manga, margosa, figueira sagrada e o majestoso baniano. Sob aquelas árvores ele estudara, conversara, brincara e comera mangas verdes ao lado dos amigos, e sentia tristeza por deixá-las."

Ele e a mãe, Bibi, travam uma disputa religiosa. O cachorro de Shani morreu; Shani rezou, mas o cão não retornou. Bibi lhe diz que ele vai para o inferno, se não acreditar no poder das orações. Ele demonstra saber que, ao desafiar as crenças religiosas da mãe, já se rebelou de modo significativo.

Em Poona, Shannoo à esquerda

Ao voltar para a mãe, "ele passou pela sala de jantar, pelo escritório e pela biblioteca. Viu que mesas de mogno, lustres, sofás de couro, pinturas mongóis, vasos chineses, bonecas japonesas, livros, taças de vinho alemãs, tudo se fora".

Sei que devia ser incomum a casa da família Kureishi estar assim vazia. Embora houvesse apenas um irmão em *Uma adolescência indiana*, na verdade eram doze filhos, dos quais um já estava morto. Meu pai era o terceiro ou quarto mais novo. Alguns dos mais velhos já tinham ido embora de casa, mas ocorriam muitas idas e vindas: China, Inglaterra, Estados Unidos e outras partes da Índia. Talvez meu pai tenha eliminado o resto da família para se concentrar num irmão em especial, naquele que encarnava a tensão, e por isso chamou o livro de romance.

Contente com a descoberta de *Uma adolescência indiana*, mostrarei o original a meus dois filhos mais velhos (gêmeos de oito anos) e falarei um pouco a respeito, quando voltarem da escola.

Mesmo que me agrade a idéia de levar uma vida burguesa comum, isso não quer dizer que eu viva num mundo inteiramente insípido, como acredito tenha sido nossa vida familiar nos subúrbios londrinos. Em *Uma adolescência indiana* meu pai e a família estão prestes a mudar para Bombaim, mas eu moro em Londres, a cidade à qual sempre sonhei pertencer. Há muita coisa que desperta minha curiosidade, mesmo quando entro nas lojas do bairro onde resido há dois anos — em sua maior parte construído para a classe média próspera, com famílias grandes e criadagem, no auge da era vitoriana.

Famílias ricas com *au pairs* e faxineiras ocupam algumas casas próprias, mas em geral elas foram transformadas em apartamentos. Meu vizinho é um espanhol maluco que pendura a roupa do lado de fora da janela, em um varal. Ele causa tumulto quando estende cuecas molhadas que pingam em cima do pedreiro que trabalha no andar de baixo.

Algumas das casas são asilos que vivem lotados de somalis e refugiados do Leste Europeu que por vezes batem à porta para pedir dinheiro. Além disso, há restaurantes libaneses, japoneses, indianos e chineses, bem como bares e lanchonetes sofisticados. Os cabeleireiros são portugueses; quando meus três filhos passam com camisetas da seleção de futebol do Brasil, os proprietários erguem os polegares. As lojas de móveis usados, que eram muitas, transformaram-se em butiques pretensiosas que vendem badulaques — como sacolas enfeitadas com miçangas, ou cartões de agradecimento —, nas quais é preciso tocar a campainha para poder entrar. Um dos muitos mercadinhos asiáticos de esquina exibe prateleiras quase vazias, embora haja um belo estoque de bebida nos fundos, e no verão a família se acomoda em espreguiçadeiras, do lado de fora; no inverno, acendem um aquecedor a parafina fedorento. Como há várias hospedarias para os sem-teto nas redondezas, alcoólicos e moradores de rua se aglomeram na porta da loja nas manhãs de domingo, esperando a abertura para comprar bebidas alcoólicas. Moleques desocupados perambulam pelo parque, mesmo quando faz frio: bebem, brigam, cantam; outros pedalam suas bicicletas pela rua, para baixo e para cima, testando as portas ou quebrando os vidros dos carros.

Há atualmente bares chiques, como ocorre em toda a Londres; mas os jogos de futebol só são mostrados nos pubs tradicionais. Quando vou assistir a uma partida do Manchester United, a briga começa antes do apito final. Os homens batem nas cabeças alheias com banquetas; outros jogam as canecas de cerveja na parede. Como se fizessem isso sempre, os demais clientes continuam a ver o jogo, mais concentrados ainda.

No parquinho da escola há mulheres usando o *hijab* completo, só com uma fenda na altura dos olhos. "Corvos", gritam as crianças para elas. (Após o ataque ao World Trade Center, alguns meninos muçulmanos gritavam o nome de Bin Laden no parquinho.) Outros freqüentadores costumeiros são um casal junkie de olhos fundos e um sujeito tatuado de cabeça raspada que deixa o cachorro preso do lado de fora. Há ainda um escritor, um produtor de teatro, um rastafári, um jornalista e duas *au pairs* tchecas que pintam o cabelo de vermelho e verde. Quando um de meus filhos perguntou certo dia por que tinham de ir à escola, respondi apenas: pela vida social.

As diferentes comunidades londrinas respeitam e em geral toleram umas às outras; mas não se misturam muito, exceto quando isso é compulsório; por exemplo, nas escolas públicas. Talvez não saibam como ou não vejam o porquê. Mesmo assim, sinto certo fascínio ao caminhar por Londres e constatar o quanto o contato é pacífico e amigável, como os numerosos indivíduos e comunidades convivem sem se agredirem. Levando-se em conta as dificuldades e pressões da vida cotidiana, era de se esperar mais animosidade, mais violência. Talvez nenhuma comunidade, nesta parte transitória de Londres, sinta-se no direito de reclamar posse exclusiva de um determinado pedaço do solo, que, grosso modo, pertence a todos.

Não faz muito tempo uma amiga me contou o constrangimento que passava quando o pai a levava para a escola, pois ele se destacava muito. Naquela escola da Londres contemporânea — da Inglaterra "abrangente" de Blair — é inaceitável se destacar. Mas, claro, os filhos sempre sentem vergonha dos pais, ficam embaraçados com seu amor por aquelas criaturas esquisitas, e não querem que as outras crianças vejam.

Mostrei o romance de meu pai a meus filhos e eles comentaram o fato de serem um quarto indianos. Eles me perguntaram se são muçulmanos e encostaram os braços nos meus para comparar a cor. Gostam de apregoar sua ascendência indiana para outras crianças na escola, que em sua maioria são "de fora". Para meus filhos — um deles usa um boné de beisebol de trás para a frente, faz poses hip hop no espelho e cantarola raps no caminho de volta da escola —, esse é um jeito de serem "aceitos" pelas crianças, tanto negras quanto brancas, mesmo que atualmente não haja muita vantagem em ser inglês. Meus filhos também começaram a perceber que compartilham uma história familiar, e estão curiosos para saber onde e como nela se encaixam.

O segundo capítulo do livro de meu pai se passa em Bombaim, para onde a família mudou. Antes de ir para a escola, às seis da manhã, Shani passa correndo pelo quarto do irmão Mahmood e segue para a praia, onde nada e pula alegremente, antes que o calor aumente. Há um prazer do corpo ao estilo Camus, em contato com o mar e a natureza.

Os gêmeos Carlo e Sachin, e Kier, filhos do autor

Mesmo assim, ao se enxugar, ele não pode deixar de recordar o leilão dos bens familiares. O pai, enquanto Bibi observava do fundo, segurando uma sombrinha amarela, parecia diminuído pelo evento. Shani chama o pai de "insignificante de camisa branca, calça folgada e sandália. Sem farda perdia autoridade, poder e arrogância".

Shani medita sobre o encolhimento do pai quando uma moça de uniforme azul de escola de freira passa por ele, acompanhada pela mãe. A menina pára e atira uma concha para o alto. Ela é "mais formosa que Rita Hayworth e Hedy Lamarr juntas". Meu pai tem uma ereção, que lhe insinua estar apaixonado. De volta à nova casa, o criado de meu pai, um sujeito atrevido ao estilo Leporello numa *gallabiya** volumosa e fez ensebado, diz a Shani que conhece a empregada da moça. A famí-

---

* Espécie de túnica comprida, parecida com uma camisa que chega até abaixo do joelho. (N. T.)

lia se mudou recentemente para o bairro. Meu pai fica contente; poderá vê-la novamente. A moça se chama Muni.

O tom crescentemente sexual do livro continua num estranho episódio. Ele ocorre durante o Holi, um festival hindu, envolvendo Shani e seu amigo Masood — soa como Mahmood, sei disso, mas não é ele — e o "o recém-reformado restaurante Peacock". No café, seu ponto de encontro habitual, meu pai e os amigos se reúnem para bater papo. O dono, um iraniano chamado Irani, gosta de Masood e tenta seduzi-lo. Irani "veste camisa preta curta com flores cor-de-rosa, calça de cetim roxo e cachecol verde berrante atado em volta do pescoço, além de óculos pendurados num cordão. Nos ouvidos, chumaços de algodão embebidos em atar iraniano, um tipo de óleo doce perfumado".

Masood sobe ao quarto de Irani. Meu pai não está presente, mas assim mesmo descreve o local sórdido em detalhe, com seu cheiro de bebida barata feita de tâmaras e "o retrato de um deus rodeado de luz pendurado na parede". Masood põe um remédio para dormir na bebida de Irani. Quando este começa a perder a consciência, Masood ata um balão rosa em volta do pênis de Irani, obriga-o a descer a escada e o empurra despido para o meio do restaurante, fugindo em seguida.

Assim como a maioria das histórias da grande coletânea de contos muçulmanos, as *Mil e uma noites*, o caso relatado por papai trata do desejo e da humilhação decorrente. A exemplo de um de meus filmes favoritos, *Esse obscuro objeto do desejo*, mostra que permitir a sedução, ser atraído pelo desejo na figura do outro, atrai não apenas o fracasso e a insatisfação, como também o castigo. Isso é sempre cômico — nos outros. Eu me pergunto se esse episódio jocoso, incluído na narrativa de modo extravagante, é um tema recorrente, um motivo. Torço para encontrar mais, e imagino papai rindo ao descrever o incidente, erguendo a camisa para bater com a mão na barriga gorda.

Por trás da comédia, esquecido com freqüência, está o autor cínico onisciente, que tem plena consciência daquele ciclo de exigência e degradação, e que só pode recontar as histórias, não para ilustrar a estupidez humana, o que é praticamente impossível, mas por não haver nada melhor a fazer.

Enquanto isso, Shani está a caminho da escola. Em Poona papai e seu irmão Omar freqüentaram uma escola missionária católica, onde tiveram aulas com jesuítas. Eles iam para o colégio em carruagem puxada por cavalos, acompanhados pelo cocheiro, que carregava as tralhas para críquete e pólo. Agora, caminhando pela nova cidade de Bombaim, um "atalho" leva Shani pelo amontoado de barracos com telhado de zinco, feitos de caixotes e caixas de papelão. Ele caminha por entre os "doentes, pobres, aleijados e desabrigados" que dormem ali. Shani diz que os ignora, como todos fazem, mas a cena o perturba, indubitavelmente. Sua vida "confortável e privilegiada" faz com que se sinta culpado. Ele fica aliviado ao ver "o pequeno cinema Apollo, branco, com seu teto de zinco, onde passa *Como era verde o meu vale* — a pedidos". No final do filme, claro, era compulsório levantar-se para ouvir o hino nacional inglês.

Shani toma o trem para Churchgate, no centro de Bombaim, mas tem de viajar na segunda classe. Nos subúrbios londrinos meu pai pegou o trem diariamente, durante trinta anos. Após uma caminhada de dez minutos por cercas e garagens das casas suburbanas — cada uma delas parecia desovar, todas as manhãs, um sujeito de chapéu-coco e capa de chuva, portando guarda-chuva —, papai tinha de pegar o ônibus até a estação ferroviária. A viagem da estação local, Bromley South, até a estação Victoria durava cerca de vinte minutos, dependendo do trem, rápido ou lento. O percurso inteiro até o serviço exigia mais de uma hora para ir e outra para voltar, todos os dias. Papai aproveitava o tempo para ler; por vezes, ele comentava amargurado que o obrigavam a viajar de pé num vagão lotado de segunda classe, sendo um velho doente, enquanto havia lugares vazios na primeira. Essas viagens de trem, duas vezes por dia, com o preparo e o período de recuperação que exigiam, davam o tom de nossa vida cotidiana. Eu nem imaginava que ele já experimentara a mesma coisa na Índia.

Espremido entre "caixeiros das lojas com marmita no colo, mendigos que bloqueavam a passagem, moleques de rua e jovens arruaceiros", ele relembra a viagem de três dias que fez com o pai e o irmão Mahmood a Déli. Na ocasião, meu pai usava uniforme completo:

> A coroa e as estrelas de latão reluziam nos ombros de seu casaco cáqui. Na camisa cáqui, uma tábua de tanta goma, os detalhes vermelhos na gola emolduravam a gravata cáqui e um cinto Sam Browne brilhante na cintura fina. Na mão, uma bengala leve de ratã. Um ordenança responsável por atender a suas necessidades no trem levava o capote, a pasta e uma maleta pequena.
>
> O ordenança trazia às nove da noite uísque e soda, garrafas de cerveja e soda limonada, sanduíches de filé grosso e ovo cozido, além de guardanapos dobrados, numa bandeja grande.

No trem de Churchgate, que já vinha lotado, soldados britânicos, "temerosos de que um nacionalista indiano pusesse uma bomba no trem", esporadicamente juntavam-se aos passageiros normais. Ultimamente, entre os militares britânicos, havia um soldado quase negro a quem Masood, amigo de Shani, chamava de Pai Tomás. Quando os soldados britânicos chamaram o sujeito de "Eric", Shani e Masood compreenderam que se tratava de um indiano cristão, um convertido proveniente da casta dos Intocáveis. Masood disse a ele que deveria estar "limpando latrinas".

O tema da classe, ou da ambigüidade sobre o status social de cada um — dúvidas a respeito de quando alguém pode se identificar com determinado grupo —, continua quando Shani finalmente chega a "Broadfields", a escola particular inglesa que freqüenta, dirigida por professores britânicos. O professor de história, chamado Ted Pritchard, é *cockney* de Walthamstow, e os alunos indianos gostam dele. Papai diz, "coitado do Pritchard, nunca deixam de lembrar sua origem operária, mesmo estando a catorze mil milhas de distância da Inglaterra. Shani ouviu certa vez outro professor dizer: 'Preferiria que Ted não enrolasse cigarros em público. Dá aos nativos uma impressão errada a nosso respeito'".

A Grã-Bretanha é atualmente uma mistura tão grande de sotaques que achamos difícil imaginar tais atitudes, em parte porque os sotaques das pessoas mudam rapidamente. Quando meus filhos voltam da escola, soam como jamaicanos. "Fecha o bico, cara", dizem. Em outras ocasiões, soam como o Pequeno Lorde Fauntleroy. Assustei-me quando ouvi uma das *au pairs* imitar o sotaque de classe média deles. Talvez a raça, mais do que a classe, seja o território escolhido para debater atualmente o que essas diferenças significam.

O capítulo termina com Shani, que descobrimos ser capitão do time de críquete da escola, recebendo o pedido de um rapaz chamado Visram, filho de um homem poderoso e influente, para entrar no time de críquete. Quando meu pai recusa — o menino não sabia jogar! — a mãe de Visram visita a casa de nossa família para tomar satisfações de minha avó, uma mulher muito religiosa, chamada Bibi — uma senhora que não cheguei a conhecer. Quero saber mais a seu respeito.

3.

Alguns dias após o início de minha investigação — não sei bem como classificá-la —, uma ocorrência fortuita abriu uma nova porta.

Dos doze irmãos Kureishi — a maioria residia na casa de Poona —, há quatro vivos: as duas irmãs e meus tios Omar e Tootoo. Atualmente no Canadá, Tootoo manda um e-mail para avisar que Omar, morador de um pequeno apartamento em Karachi, escreveu uma autobiografia em dois volumes, *Era uma vez* e *O tempo passa*. Foram publicados até agora apenas no Paquistão. Pelo jeito, são "bestsellers".

Telefono para Omar, a quem não vejo desde meados dos anos 1980. Sua voz, que já foi uma das mais famosas da Índia, agora soa aguda e fraca. Mas ele se declara feliz por continuar vivo e na ativa, pondera sobre o tempo de vida que lhe resta e diz que mandará seus livros para mim. Quando chegam, vejo que *Era uma vez* cobre o mesmo período sobre o qual meu pai está escrevendo. Na capa aparecem um menino indiano de nove anos, uma praia, o portal para a Índia de Bombaim e as bandeiras da Grã-Bretanha, da Índia e do Paquistão. Na capa do segundo volume há uma resenha do primeiro, que diz, "Omar Kureishi merece aplauso por contar sua história de modo admirável, sem se desculpar. Falou o oráculo".

Há, claro, uma longa e fascinante lista de indianos de classe média escrevendo sobre o que V. S. Naipaul chama de "o enigma da chegada" — suas vidas como indianos na Grã-Bretanha e nos Estados Unidos, a visão do estrangeiro a partir de baixo. Isso não falta; mas há muito mais. Ocorre-me que Omar pode ser o "Mahmood" no romance de meu pai, e começo a me perguntar o que ele pretende dizer a respeito do irmão.

Roger Michell, diretor de *O buda do subúrbio* para a BBC, está preparando agora um filme que escrevi, *The mother*. Embora eu fique com ele enquanto escolhe os atores do filme, sei que não gosta muito de autores no estúdio. Diferentes diretores têm opiniões diferentes sobre a questão. Contudo, meus filhos gêmeos fazem um papel, um personagem chamado Jack, e eu apareço para uma visita sempre que um dos dois está trabalhando, na hora do almoço. Eles devem ter visto um filme por dia durante vários anos, a esta altura, e me alegra que possam aprender como os filmes são feitos. Encanta-me que sintam dificuldade de combinar a letargia e inatividade da espera com a repentina exigência de performance.

Parte da história de *The mother* diz respeito a mãe e filha que discordam de seu passado comum. A filha fez terapia e passou a recriminar a mãe por negligência em sua infância. O que me interessa é a profunda divergência dos relatos das pessoas sobre o passado, a tal ponto que eles parecem duas histórias diferentes.

Meus dois filhos mais velhos, gêmeos idênticos que passaram mais ou menos pelas mesmas experiências, fornecem respostas assustadoramente similares para a mesma pergunta, usando as mesmas palavras. Mas suas respostas também são diferentes, com expectativas distintas no final. Com tais pensamentos na cabeça, e cheio de curiosidade, comecei a ler o livro de Omar simultaneamente ao de meu pai.

Uma espécie de busca se inicia. Acho que não procuramos realmente os pais até a meia-idade. Para mim, isso se transformou numa busca pelo meu lugar na história e na imaginação de meu pai, e pelas razões para meu pai ter a vida meio desanimadora que teve. Procuro o modo pelo qual uma vida adulta específica é uma reação à infância, uma resposta às perguntas feitas por uma infância específica. Desse ponto de vista, um adulto é alguém que teve uma infância avassaladora, e retomar significa lembrar, preencher lacunas, de modo a poder esquecer de vez.

"Escrevo para ganhar a vida", Omar costumava dizer. "Não tem mais nada. Fim de papo."

Na adolescência eu me encantava com a foto em preto e branco de meu cativante tio Omar na capa de sua coletânea de ensaios, *Out to lunch*. De camisa aberta e paletó folgado, Omar aparecia sentado na frente da máquina de escrever portátil, com um copo de uísque ao lado. Suponho que fosse uma pose à la Hemingway. Foi tirada entre meados e o final da década de 1960; os escritores iam à guerra naquela época; escritores eram figuras públicas, com destaque para Baldwin, Mailer, Malraux, Vidal, Sartre.

Nos subúrbios a conversa não era encorajada. Muita coisa não devia ser dita. Em geral, as mulheres conversavam mais. Mas quando papai me levou a Londres para visitar Omar, os outros irmãos e seus amigos, a conversa, estimulada pelo álcool, era animada e ruidosa, travada em três idiomas: urdu, inglês e uma mistura dos dois. Cheia de piadas, tiradas mordazes, histórias

Omar

sujas e comentários políticos sobre a Inglaterra e o Paquistão, entremeada com fofocas esportivas, num fluxo surreal e atemporal que eu compreendi ser um prazer masculino e não uma troca de informações, um exercício de imaginação e até de conhecimento. Os homens sentavam para conversar durante horas, era emocionante. Falar não é um dom natural, a pessoa se dedica a aprimorá-lo. Lembro-me de um de meus tios ter me perguntado: "Por que você não consegue nos entreter assim?".

Omar, com quase oitenta anos, ainda trabalha como jornalista, e suas colunas são publicadas em muitos jornais do Sudeste da Ásia. A Índia e o Paquistão seguem sendo culturas predominantemente impressas por mais tempo que o Ocidente. As principais fontes de informação e debate político são os jornais, e não a televisão, sujeita a pesada censura, embora isso esteja mudando.

Resolvi deixar o romance de meu pai de lado para ler as memórias de Omar, imaginando se os relatos dos irmãos seriam passíveis de comparação, e se cobririam o mesmo território. Vi imediatamente que a abordagem de meu tio era diferente da de meu pai. Omar começa declarando que o domínio britânico, "fundado na certeza de uma superioridade racial e moral sobre os nativos", seria o personagem principal de seu relato sobre a Índia antes da Partilha de 1947. Seu livro teria um viés político, e mostraria o que o poder faz com quem o detém e com quem não o possui. Segundo Omar, os ingleses, comuns e normais em seu país, mudam ao passarem pelo canal de Suez. "A leste de Port Said eles se tornam construtores de impérios." Em outras palavras, sair de sua terra natal permitia que se tornassem um povo diferente, mais poderoso. Enoch Powell, que chegou a Déli um pouco mais tarde, em 1943, compreendeu o poder dessa mudança de atitude numa carta que escreveu, dizendo: "partirei da Índia com genuína relutância, em parte porque todo inglês na Índia possui *ipso facto* algum valor, mas principalmente por causa do interminável fascínio deste incrível Império, pelo qual temos nas mãos, potencialmente, um poder e uma riqueza que fariam os Estados Unidos parecerem insignificantes, e mesmo assim uma maldição parece constranger tanto a própria terra quanto nós".

A autobiografia de Omar transmite uma visão benigna; seu "eu poético" é ameno, espirituoso e informativo. De todo modo, seu livro não apresenta outras vozes, sejam aspectos diferentes de sua personalidade, sejam outros personagens com falas, como ocorreria num romance. Como meu pai insistia em dizer, o romance, sendo um gênero de conflito, é o caminho natural para o drama, para a disputa interna e para os pontos de vista múltiplos.

Não tarda para que meu avô — o coronel Murad, na obra de meu pai — apareça no relato de Omar. Formado no King's

College, em Londres (onde estudei, embora papai nunca tenha revelado que seu pai havia estudado lá), é descrito por Omar: "Meu pai era coronel do exército, pertencia ao Serviço Médico Indiano de elite, e isso o tornava quase um *sahib*, embora fosse, em termos mais precisos, um membro da classe média emergente formada por profissionais liberais, em contraste com a aristocracia cômica dos príncipes governantes e nobres donos de terras. Ele acreditava que a família era uma unidade; não existia rivalidade entre irmãos".

Durante a Primeira Guerra Mundial meu avô foi destacado para servir em Tientsin, no Norte da China, onde nasceram três de seus filhos. A família acabou sendo mandada de volta para a Índia. Meu pai nasceu em Madras, antes da mudança da família para Poona. Continuei lendo e me espantei ao ver que meu pai entrava quase imediatamente no relato com uma arma apontada para ele, pois provocara um soldado britânico durante uma partida de críquete.

Em Poona a maior parte da família permanecera junta, talvez por isso meu pai considere tão perturbadora a casa vazia, no início de seu romance. Descubro graças a Omar que a família montou seu próprio time de críquete em Poona, o xi do Coronel Kureishi, do qual outros rapazes hindus, parses, cristãos e judeus participavam esporadicamente. Para Omar, o críquete é político; é nele que os ingleses podem ser derrotados em seu próprio campo. De acordo com meu pai, Mahmood/Omar costumava levar para casa "marxistas progressistas que fumavam State Express 555, bebiam gim e debatiam a miséria, a igualdade e a fome de Bengala". Esse radicalismo, do qual papai zombava, também assustava a mãe deles, Bibi, pois ela temia que se voltassem contra o islã.

No livro de Omar o xi do Coronel Kureishi joga contra unidades do exército britânico, pessoal do reformatório e do

O coronel Kureishi e a mãe do autor

hospício ("funcionários, não internos"). As discussões do time eram realizadas no restaurante de Irani.

Em 1987 eu peguei uma maria-fumaça, o Deccan Queen, de Bombaim a Poona. No dia seguinte encontrei o que acreditei ser a casa da família, uma mansão enorme, com caminho comprido de acesso e terreno amplo, onde os criados descansavam à sombra. Algumas casas adiante, para minha surpresa, topei com a comunidade de Bhagwan Shree Rajneesh, cujos livros entusiasmavam meu pai. Se os religiosos e filósofos do Ocidente não podiam ou não queriam falar a respeito de como se devia viver, os curiosos procuravam gurus indianos. Pedi para conhecer o local, e um guarda sério e silencioso, com apito pendurado no pescoço, me acompanhou durante a visita inteira, recusando-se a responder a qualquer pergunta.

Embora Rajneesh tenha ido para os Estados Unidos em 1980, com seu barrete incrustado de jóias e sua vasta coleção de Rolls Royces — ele foi preso e expulso de lá em 1985 —, vi muitos jovens em trajes alaranjados perambulando por Poona. Como muita gente, eu me interessava pelo Tantra, a idéia de que toda energia é libido. Rajneesh ficou conhecido como pioneiro do conceito de "sexualidade espiritual", o que levou a histórias sobre troca de casais, sexo grupal e outras esquisitices. Seu culto pode ter se originado nos anos 1960, mas, ao estilo típico dos anos 1980, Rajneesh se transformou em celebridade e vendia sua pessoa por vários meios: fitas, livros e vídeos. Mostrei algumas fitas ao ator Roshen Seth, no início dos anos 1990, quando ele ensaiava para a versão filmada de O buda do subúrbio. Ele incorporou parte do tom sibilante, assustadoramente baixo, quase sussurrante, no personagem do pai. Contudo, entre os seguidores de Rajneesh instaurou-se a paranóia, e a comunidade de Poona parecia um campus norte-americano puritano, com guardas onipresentes e ar de festa que acabou faz tempo.

Na Índia eu tinha sonhos intensos, perturbadores, com a morte de meu pai. Na manhã seguinte não conseguia sair da cama: sentia que minha espinha fora torcida por um gigante. O médico receitou analgésicos e, depois, visitei um iogue de olhos hipnóticos que cantava e murmurava animado, dizendo-me que imaginasse uma rosa com orvalho, um ovo dourado à luz de vela e um botão de lótus vermelho.

Vi pelo meu diário que naquela altura eu havia começado o que chamava de meu "livro de Buda", do qual escrevi umas doze mil palavras. Ainda que procurasse seguir meu pai nas especulações filosóficas, eu tinha uma mente menos suscetível a tais idéias, preferindo assumir uma visão cômica de meu pai e da embrionária New Age, que parecia substituir tanto a religião tradicional quanto a contracultura dos anos 1960 entre os jovens.

Devo retornar agora a *Uma adolescência indiana*. Minha avó está a ponto de enfrentar a mãe de Visram, que a visita para criticar meu pai por ter excluído seu filho do time de críquete. Escreve meu pai: "minutos depois Bibi entrou na sala de visitas. Uma dupata verde cobria sua cabeça, e ela usava kurta e kameez limpos, recém-passados. Entre os dedos trazia suas contas de oração".

Bibi defende o direito de meu pai de escolher quem bem entender para o time sob seu comando. A arrogante mãe de Visram é dispensada peremptoriamente, e meu pai fica satisfeito. Depois Bibi, meu pai e Mahmood/Omar andam pela praia para visitar a família da moça do convento — Muni — que meu pai viu catando e jogando conchas na areia. Papai vestiu-se adequadamente para a ocasião, com "calça de veludo marrom quase preto, camisa de seda creme, lenço de seda verde-claro no pescoço, meia marrom-clara e sapato de duas cores, branco e havana, com sola grossa de borracha". Ele está se achando o tal. Mas o irmão Omar/Mahmood, como faria qualquer irmão, o chama de "um autêntico gigolô".

Surpreendentemente, meu pai, ao rever a exuberante Muni "com as tranças a cair pelo ombro, usando uma rosa vermelha no cabelo, perto da orelha", sofre um ataque de dúvida devastador. Ele não tem "ótima aparência, nem personalidade, charme, encanto sexual ou talento de qualquer espécie". Não só se deprime, enquanto Mahmood, confiante, discute Pearl Buck e Somerset Maugham com Muni, como parece ter perdido a alma.

Omar declarou que não havia "rivalidade entre os irmãos". Mas como poderia não haver? O que ele teme ver ali? Sempre há dois irmãos — Rômulo e Remo, Caim e Abel —, e um mata o outro. Pelo menos estou entendendo a divisão de trabalho entre eles. Conforme o relato de meu pai, Mahmood/Omar teria as qualidades, "charme, boa aparência, inteligência e personalidade". Shani acredita que Mahmood é o filho adorado pelos pais; excelente nos esportes, nos estudos e no tango; sabe até dançar jazz e adora Fats Waller. Fala de si como futuro ministro do Exterior da Índia independente. O tom sombrio de meu pai não muda; como poderia? Quando Shani, zombando do irmão, finge vomitar, Mahmood o encara, lançando-lhe um olhar que lembra o do pai: "Você treme e chega a fazer xixi na calça".

Shani finalmente interrompe seus pensamentos e pergunta ao irmão de Muni o significado da faixa alaranjada em sua camisa, com as iniciais RSS. O irmão diz que significa "Rashtiya Swayamsevah Sangh". A família aderiu a um movimento político hindu.

O irmão explica: "Acreditamos que a Índia seja dos hindus. Por isso é chamada de Hindustão. Portanto, somos contra o Paquistão. Lutamos contra Jinnah, um oportunista. Não passa de um agente britânico, pago para criar problemas e retardar a Independência. Vamos destruir a Liga Muçulmana e seus seguidores. É por isso que treinamos tanto".

Bibi rebate com determinação: "Preste atenção, seu arremedo de Hindu Bania. Não permitiremos que vocês nos anulem. Vocês têm o Hindustão, nós temos o Paquistão. E não fale nada contra muçulmanos na minha presença, entendeu?".

Meu pai, incomodado com essas divisões internas entre os indianos, e tendo vislumbrado, após o exorcismo da "maldição" de Powell, uma "Índia livre, democrática, justa e igualitária", também comenta: "Vamos ver o que Sir Stafford Cripps apresenta".

Pouco depois Bibi vai embora, mas a festa continua. Shani finalmente fala com Muni e descobre que ela é socialista, influenciada por *An intelligent woman's guide to socialism*, de Shaw. Ela declara: "A libertação da Índia também quer dizer liberdade para as mulheres indianas". Sem dúvida, o feminismo e o socialismo britânicos estavam influenciando a classe média indiana: mais ou menos na mesma época, na Inglaterra, Jawaharlal Nehru e sua filha Indira visitavam os fabianos britânicos, representados pelos amigos e colegas de Shaw, os Webb. Escreve Nehru: "Foi quase uma peregrinação, pois os Webb ocupam uma posição única no mundo do socialismo internacional, e não apenas na Inglaterra".

Na manhã seguinte, depois de nadar e correr, Shani afirma que a confusão do amor tem sido demais para ele. Viu Muni apenas duas vezes, e só sente inveja, perda e desejo. "Este novo tipo de mulher indiana agressiva não é para ele. Elas o apavoram." Naquele momento, porém, ele a vê na praia, acompanhada pela criada de Goa. Muni se mostra séria como antes e diz que ele precisa se dedicar à "luta pela Índia". E insiste: "Seu problema, Shani, é freqüentar uma escola particular inglesa. A imitação servil dos ingleses é a maldição da elite indiana".

Em seguida ela pede que ele lembre a Mahmood do livro que ele prometeu emprestar.

Observo meus três filhos jogando futebol no parque, e me surpreendo ao admirar os prazeres que eles têm. Penso nos três juntos quando adultos, com os filhos, compartilhando esta história, podendo sempre contar uns com os outros. Eu só tive uma irmã, minha mãe era filha única, e na infância a família enorme de papai me fascinava, com seus times de críquete, a natação, o companheirismo entre os irmãos. Algumas de minhas amizades masculinas mais fortes foram tentativas de recriar o que eu imaginava ser uma "irmandade".

Meu pai, tendo vivido essa realidade, não compartilha minhas fantasias. Não posso deixar de considerar perturbadora a inveja intensa e profunda que ele sentia do irmão. Papai parece ter sido muito competitivo, mas há algo na competição que ele não suporta. No futuro, embora continuasse a ver os irmãos, ele se refugiaria no subúrbio. Talvez meu pai quisesse iniciar uma nova vida, desvinculada da antiga, sem religião ou passado, sem sua própria língua, como aquelas pessoas nos filmes que tentam arranjar uma nova identidade fingindo ser outra pessoa — em geral, alguém que mataram. Mas não dá certo: no final da vida ele escreve seu "romance", no qual a competitividade e a sensação de fracasso que a acompanha parecem mais frescas e fortes do que nunca.

Eu me pergunto se essa é a "ferida" que ele tratava quando eu era criança, o sentimento de inferioridade e derrota que tentou superar tornando-se escritor, e fazendo com que eu escrevesse também. Omar, em seu relato, não registra nada nessa linha; por outro lado, não é seu objetivo expor os conflitos familiares. Para ele, a questão emocional gira em torno do colonialismo e do críquete. São os ingleses, e não o pai ou os irmãos, que detêm o poder do qual ele quer escapar. Pelas coisas ruins, ele culpa "os britânicos".

Mesmo assim, surpreendo-me com a sensação de fracasso de meu pai, desde tão cedo. Sem dúvida, ele é bom no críquete, como seu irmão e "rival" explica. Na aparição seguinte de papai em *Era uma vez*, de Omar, ele participa de uma partida importante contra o Gymkhana de Bombaim. Segundo Ramachanra Guha, em seu livro *A corner of a foreign field*, o Gymkhana foi formado em 1875, consolidando "numa única instituição os clubes de pólo, críquete, futebol e tiro, dos e para os brancos". Em 1877, a *Bombay Gazette* descrevia:

Centenas de nativos, em sua maioria parses, estavam reunidos sob as árvores que rodeavam o campo de críquete — um dos mais animados do mundo, cercado pela vegetação luxuriante e por edifícios esplêndidos. Nas tendas do Gymkhana havia um grande número de europeus. Na parte da tarde o campo se destacava pela vivacidade singular. Milhares de nativos se posicionaram onde pudessem ver os jogadores, e sempre que uma rebatida ou defesa era conseguida, gritavam com um entusiasmo que revelava o futuro do críquete entre eles, em Bombaim.

Resta pouca dúvida de que meu pai jogava críquete melhor do que Omar, fato que Omar reconhece ao dar o crédito a meu pai, embora este não pareça capaz de aceitá-lo. Omar escreve: "o Gymkhana de Bombaim é um clube 'só para europeus'. Para nós indianos é uma grande honra ser aceito em sua reverenciada sede. A estrela do time é meu irmão Shannoo. Em um único jogo ele fez seis metas e o *Evening News* publicou uma reportagem a seu respeito com o título 'O estudante que lança *googlies*'.* Ele enganou um rebatedor com um *googly* e quando perguntaram ao rebatedor o que tinha acontecido ele disse que o chão tremia".

Quero me deter nisso e, como meu pai faz, me permitir uma pequena digressão.

Meus pais se conheceram em 1952. Mamãe morava com os pais dela no subúrbio, trabalhando como pintora de porcelana numa cerâmica local. Papai já estava na embaixada, em Knightsbridge, e residia numa pensão em Wood Green, no norte de

---

* *Googly*: bola arremessada com aparente efeito para longe do rebatedor (um *leg spin*), mas cujo efeito a conduz para mais perto do rebatedor. É um dos arremessos mais difíceis do críquete. (N. T.)

O pai e a mãe do autor, em 1953

Londres. Era amigo de um oficial da marinha paquistanês, noivo de uma professora de arte amiga de mamãe. Os quatro costumavam sair juntos para jantar e dançar no Maxim's, perto da estação Victoria. Sei que papai jogava críquete quando veio para a Inglaterra, após a Partilha de 1947. Eu me lembro de fotografias dele com o taco na mão, sendo aplaudido num campo de críquete local. Mas duvido que minha mãe gostasse de ficar sentada nas tendas ou de ser uma "viúva do críquete". Ela nunca temeu afirmar suas posições. Afinal, casara-se com um indiano, fato que supostamente causava desaprovação de alguns, embora o racismo ostensivo só tivesse surgido bem depois. De todo modo, a família de minha mãe não se interessava muito por esportes. Meu avô materno trabalhava com antigüidades e armazéns, e minha avó fora funcionária do correio local a vida inteira; além disso, ajudava o Exército da Salvação. Não me lembro de meu pai jogar críquete em competições. Mas minha mãe foi levada a pelo menos um jogo, quando estava grávida de mim. O primeiro rebatedor paquistanês, Hanif Mohammed, conhecido como Dilip pelos amigos, por causa do astro de cinema Dilip Kumar, de Bombaim, estava jogando. Ela gostou do nome Hanif.

Na Inglaterra, meu pai começou sua própria família ou império. Em sua casa ele poderia ser o pai que gostaria de ter tido — interessado, atencioso, conselheiro — em vez da figura distante como o coronel Murad por ele descrito. O coronel Kureishi jogava todos os dias e falava em se tornar jogador profissional de pôquer. Jogava cartas com Omar, que sabia ser esta a única atividade que o entusiasmava. Mas meu pai odiava jogar cartas e afirmava ser destrutivo, pois o jogador queria perder. Correr riscos não era o forte de papai. Em Bromley ele parecia levar a vida em negativo, como se houvesse alguém ruim dentro dele. Além disso, isolara-se mais do que nunca, e de algum modo o desenlace foi transferido para mim.

No final dos anos 1950 e começo dos anos 1960, em nosso quintalzinho suburbano, meu pai dedicava muito tempo a me ensinar a jogar críquete, mostrando arremessos, como segurar o taco e a bola, atirando bolas para eu praticar o recebimento e a corrida. Na cozinha de minha casa ainda consigo fazer um *googly*, até um *chinaman* (um *googly* de mão esquerda). Principal-

*Pai do autor com equipamento de
críquete, ao lado de desconhecido*

mente, lembro-me das discussões e da terrível humilhação que ele me fazia sentir. Eu sofria ataques de choro histérico, colapsos nervosos, acessos de raiva. Quebrava raquetes de tênis e bastões de críquete. Mais tarde, quando vi Peter Townshend destruir guitarras no palco e ouvi Hendrix tocar "The star spangled banner" em Woodstock, entendi exatamente o que estava ocorrendo. Passei a apreciar momentos de ruptura em obras de arte, quando o discurso se rompe e as histórias explodem no caos.

Meu pai era, essencialmente, um professor fascinado pela maneira como as pessoas aprendiam. Mas a posição de professor nunca é desprovida de ambigüidades. No mínimo uma pessoa detém o poder e a outra não; o professor tem alguma coisa que o aluno quer ou não quer. Ao ler o livro de meu pai estou me dando conta de que, em parte, eu era levado a me sentir como ele se sentia. Ele queria que eu fosse bem-sucedido, como seu pai esperava que ele fosse, mas temia que eu me tornasse poderoso demais, ou um concorrente muito forte. Ele não queria, por exemplo, que eu me tornasse igual a seu irmão, mais talentoso e, pior, um tipo exibido e orgulhoso, um sujeito que aceitava ser invejado. Se eu me transformasse em um irmão para meu pai, teria de ser fraco, o irmão menor, fazendo o papel que fora desempenhado por ele. Ao mesmo tempo eu tinha de ser boa companhia e maleável. Na verdade, eu deveria ser como ele em todos os aspectos; se divergíssemos, era encrenca na certa.

E assim eu jogava críquete sozinho, no quintal. Meu pai e eu prendemos com um fio uma bola de críquete ao galho da macieira. Eu batia na bola com um cabo de vassoura. Papai me contou que Bradman, o gênio australiano, fazia isso para aperfeiçoar a pontaria.

Obediente, eu passava horas fazendo o exercício, depois da aula e nos finais de semana, mesmo com tempo ruim. Criava partidas mentais, anotava os pontos de times imaginários ("Hunte, Sobers, Kanhai, Kureishi...") num caderno, enquanto sussurrava comentários de rádio fictícios para mim mesmo, com o sotaque e a locução de Omar. (Nessa época ele trabalhava como comentarista de críquete para a rádio BBC.)

Estar sozinho assim, inventando coisas, inadvertidamente preparou-me para ser escritor, para os prazeres solitários da criatividade. Não me preparou para o ritmo e a intensidade de um jogo de críquete de verdade. Nas raras ocasiões em que fui jogar, na escola ou no parque local, senti medo e vergonha, fui inútil. Eu conseguia fazer algumas jogadas boas, posicionava corretamente os pés e as mãos, mas não era suficientemente competitivo. Quando meu pai perguntava como eu tinha me saído, eu relutava em confessar, minha mãe precisava me proteger da zombaria dele. "Deixe o menino em paz", ela dizia.

Mas meu pai insistia, e me levava a jogos de críquete em Kent, tentando me encaixar no jogo, o que conseguia só de vez em quando. Longe de qualquer ponto de ônibus havia tendas esfarrapadas que cheiravam a meia; havia lançadores caribenhos enormes e rápidos, sanduíches de pepino e chá com leite. Papai observava tudo na beira do campo, gritando instruções e incentivos, enquanto eu, geralmente morrendo de frio, lutava para não fracassar, tentava não decepcioná-lo, sabendo que ele poderia jogar muito melhor do que eu. Ia com ele ao Oval and Lords, ver críquete Test,* ou ficava em casa escutando os comentários de Omar sobre os jogos paquistaneses.

Ao mesmo tempo, contraditório, meu pai dizia que não invejava jogadores profissionais de críquete ou outros esportistas. As carreiras acabavam cedo e eles passavam o resto da vida sem nada importante para fazer — assim como talvez tivesse acabado a "carreira" de meu pai como jogador colegial, e as glórias passadas, os troféus e notícias de jornal, agora só servissem para envergonhá-lo um pouco. Era como se ele tivesse de recomeçar tudo de novo na Inglaterra, o que representava tanto uma maldição quanto uma libertação. A idéia de ser escritor substituiu o projeto de ser jogador de críquete, para mim e para ele.

Fracassei no críquete, espero que deliberadamente. Mas só eu sei a extensão desse fracasso. Para todos, eu não me destaquei no esporte, e daí? Mas meu pai dedicou muita energia a me iniciar no jogo, na paixão e no ideal de sua família, e eu em troca

---

* Existem duas formas principais de críquete profissional, o Test Cricket e o One Day International Cricket. O críquete Test é jogado entre times nacionais ("seleções"), que recebem oficialmente o título de Test Teams e disputam partidas que duram vários dias. (N. T.)

deixei-o na mão. Ainda vejo tudo como um fracasso meu, idiota, e não como um estratagema inconsciente de meu pai.

Um insurgente de verdade teria se rebelado adequadamente. "O que é um rebelde?", pergunta Camus, ele mesmo um esportista de destaque. "Um sujeito que diz não; mas cuja recusa não implica renúncia. Ele é também um homem que diz sim assim que começa a pensar por si mesmo."

Revolta como descontentamento, angústia, individualismo não-conformista; ter seus próprios pensamentos, em vez de seguir idéias alheias. Ao escrever este livro eu me pergunto no que consiste minha pessoa. Sinto-me habitado por outros, composto por vários. Escritores, pais, sujeitos mais velhos, amigos, namoradas, todos falam dentro de mim. Se eu os removesse, o que restaria? Penso na tarefa essencial de imitação, diferenciação e oposição, e em como ela nunca termina. Além disso, o aspecto intrigante na rebelião é o fato de a ordem que você deseja desafiar estar profundamente oculta dentro de sua mente, a tal ponto que não se pode conhecê-la. A única realidade é medo e fobia. Como, portanto, começar a viver de um jeito diferente?

Levei muito tempo para formular meus próprios "sins". Embora pouco me interesse pelo críquete atualmente, sinto culpa por não saber qual time Test está excursionando pela Inglaterra; ignoro inclusive o nome dos jogadores, embora tenha o costume de dormir recitando a formação de equipes dos anos 1960 da Inglaterra, da Austrália e do Paquistão. Na última vez em que vi uma partida de Test, sentado num banco duro num dia de garoa, senti certo estranhamento por me sentar num lugar cheio de gente que preparou seus próprios sanduíches, e entre eles eram raras as mulheres. Embora meus filhos passem boa parte do fim de semana no parque, nunca jogamos ou assistimos a partidas de críquete. Eles nem sabem as regras, ou por que o críquete foi um esporte importante na Índia e na minha família. (Meu filho Sachin, contudo, recebeu o nome de um jogador indiano de críquete.) De vez em quando eu me pego em pé, abraçando meus filhos, tentando mostrar a eles como é a postura do corpo no críquete, e acabo dando as costas, confuso. Gosto de futebol, como meu pai, ainda que ele considerasse o esporte um tanto "popular".

De todo modo, eu começava a amar os Rolling Stones e, embora tenha lido mais tarde que Mick Jagger e o capitão paquistanês, o *all-rounder** Imran Khan, sentavam-se lado a lado na tenda dos Lods, eu usei na época a sexualidade e o desafio dos Stones e outras bandas para me distanciar dos conflitos que o críquete evocava dentro de mim.

Fracassos do gênero nos acompanham, principalmente se não conhecemos a fonte de seu poder. Mais tarde, eu pude atender à expectativa de meu pai, descobrindo alguma coisa que agradasse tanto a ele quanto a mim, algo em que ele colaborou para valer, Tchecov e escrever, por exemplo.

Na época eu freqüentava uma escola suburbana moderna recém-construída que enfatizava matérias práticas, como trabalhos com madeira e metal, ou desenho técnico. Nossa classe e nossa posição na sociedade eram deixadas bem claras desde o primeiro dia. Quando não estávamos nas aulas práticas, copiávamos algo do quadro-negro ou tentávamos pegar um ditado. Não éramos sequer oprimidos pela imposição de axiomas morais e religiosos, ou conceitos de "bom" comportamento. Tínhamos consciência de viver numa ditadura extremamente banal que, a seu modo, poderia ser descrita como educativa. Na verdade, preenchíamos formulários e matávamos o tempo. A informação recebida não servia para nada; era inerte, morta. Como poderia fazer parte de um sistema vivo? Ninguém sabia, in-

---

* No críquete, *all-rounder* é o jogador que sabe lançar e também rebater. (N. T.)

clusive os professores, como perguntar por que estávamos ali ou o que deveríamos fazer. O único professor decente era o pai do astro de rock Peter Frampton, que lecionava arte. Aprendi muito a respeito de todos os gêneros musicais no rádio do meu quarto, que permanecia sempre ligado; havia muita coisa boa no rádio daquele tempo. Não era impossível, portanto, aprender algumas coisas, para aqueles que não haviam sido totalmente desencorajados pela escola.

Diariamente eu temia ir à escola, pois conhecia a autêntica vida escolar que existia sob a superfície, feita das provocações e brutalidade dos colegas, da sexualidade deles e dos professores, castigos — uma outra forma de desejo. Ocorriam espancamentos estranhos, sádicos, quase ritualísticos, nos quais três ou quatro rapazes se abaixavam, de costas para a classe, enquanto o professor de matemática parava atrás deles, erguia a vara e perguntava aos outros alunos qual traseiro deveria ser atingido. O professor tinha duas "varas" de diâmetro e comprimento diferentes, chamadas "Big Willy" e "Little Willy". Percebíamos, pela atmosfera carregada, eufórica e nada pedagógica, que aquilo não era nem edificante nem decente, mas sem dúvida era revelador. A pergunta de mamãe, "O que vocês fizeram na escola hoje?", era impossível de responder, em certo sentido. Concluí que o silêncio poderia ser útil; terrível também, como o emparedamento vivo, embora as conseqüências disso ainda não fossem claras, por enquanto.

Fui mandado para a escola — como castigo, deduzi —, pois aos sete ou oito anos não conseguia aprender nada. Não retinha conteúdos; a frustração de esperar e ouvir me deixava insuportavelmente confuso. Desenvolvi fobia pelos professores, em parte por serem incapazes, como meus pais, de me proteger das agressões raciais. Eu era considerado "indolente" ou suspeitavam que tivesse problemas na vista. Minha pele se encheu de manchas e eu sofria de coceira, tiques nervosos e vários desconfortos estomacais. Como a mãe de Shani, a minha também havia se retraído — embora tenha nascido a poucos metros de onde morávamos, e tenha sido ela e não meu pai quem me levou pela primeira vez às bibliotecas locais, ela havia feito curso de arte e estudado estética em Paris. Mas ela perdeu a esperança; não desenhava mais nem se envolvia com outras pessoas. Nada nos dizia respeito, por medo, talvez, de que nos transformasse em pessoas que meu pai não reconhecesse. "Estar lá para ele" significava ser alguém com quem ele pudesse brincar. Eu lia aleatória e compulsivamente, mas por anos carreguei a sensação estranha de estar "empacado" de algum modo, como se houvesse um ponto além do qual eu não conseguiria ir. Eu não conseguia refletir sobre muitas coisas — raça, sexualidade, meus pais —, coisas que eu não processava, que pareciam trancadas dentro de mim: outro tipo de silêncio, sentimentos sem palavras.

Meu pai encontrava sua satisfação nos livros e na ambição florescente de se tornar escritor. Papai nunca viajou ao Paquistão, nem mesmo de férias. Nunca mais viu a mãe. Reunir-se com a família seria difícil demais. Mas escreveu dois livros, de manhã e nos fins de semana, que foram publicados, sobre sua "terra natal", para onde o resto da família se mudou. No caso dele, ler e escrever sobre o país bastavam. Ele considerava essa distância satisfatória; em vez de viver, passou a escrever a respeito de quem vivia.

Eu disse "nunca viajou ao Paquistão", mas os sentimentos de papai em relação a isso eram passionalmente complicados. No início dos anos 1980, quando decidi ir para lá por sugestão de Omar, meu pai ficou furioso: traído, abandonado, humilhado de inveja. Eu me lembro de ter estado com cinco dos irmãos em Karachi, poucas semanas depois. Usava na ocasião um paletó de meu pai. Minha temporada por lá foi marcada por extrema ansiedade, por isso fiquei encantado quando meus tios afirmaram que eu era muito parecido com eles, e que me adaptara rapidamente ao local. A ausência de meu pai incomodava. Onde estava? O que fazia? Por que não pudera vir?

Gosto de pensar em meu pai de costas para mim, no quarto dele, em nossa casa, na escrivaninha, a escrever. Ele se vira quando entro ou, concentrado, diz apenas: "Oi, rapaz, por onde andou?". Ele gostava de me ver, puxava meu nariz e beliscava minhas bochechas; queria conversar.

Agora, em *Uma adolescência indiana*, meu pai se encontra em posição similar — em sua mesa em Bombaim, sentado sob a fotografia de Don Bradman, o gênio australiano, lendo os ensaios de Charles Lamb. Papai escreve: "Ocasionalmente, Shani erguia os olhos para ver o que estava acontecendo na praia. Adorava olhar a chuva batendo no mar cinzento, a névoa tênue como fumaça e o aroma de alga marinha com sal". Em *Era uma vez*, Omar conta que Juhu era uma praia quase particular, mas "havia barraquinhas de coco verde. Na época das monções víamos as nuvens escuras de chuva que se aproximavam como se viessem de trás do horizonte".

A exemplo de outros indianos de sua classe, meu pai gostava de ler a respeito de Londres, curioso para saber como seria ir para lá. Em sua *Autobiografia*, Gandhi escreveu, em 1927, "O tempo pesava em minhas mãos, em Bombaim. Eu sonhava sem parar em ir para a Inglaterra". Em *The autobiography of an unknown Indian*, publicado em 1963, Nirad C. Chaudhuri descreve uma visão romântica da Inglaterra vista da Índia, uma série de nomes tirados dos livros de história: Shakespeare, Cromwell, Wordsworth, rainha Vitória, Kipling. Ele também descreve a ambivalência. "A atitude predominante de nosso povo em relação aos ingleses é de adulação irracional e impossível de erradicar, e de ódio também irracional e incontestável. Os adultos reservavam a primeira aos ingleses presentes e a segunda aos ingleses ausentes." Ele acrescenta — e isto é algo de que os muçulmanos da Índia, que já pensavam no Paquistão, tinham consciência —: "os hindus se consideram herdeiros da mais antiga tradição da superioridade por causa da cor, assim como portadores do sangue mais puro e exclusivo que criou sua cor, e comparados a eles os nazistas não passavam de arrivistas".

Sentado à escrivaninha, Shani pondera sobre o que fará da vida. Mahmood pretende estudar direito em Londres. Mas o coronel Murad quer que meu pai faça Academia Militar, o que não o entusiasma nem um pouco.

Papai olha para si: "Talvez Shani tenha algum talento. Mas, se possui um dom, este foi enterrado no fundo de seu ser, sufocado pelas opiniões, idéias e influências alheias". Como no caso de sua mãe, supõe que Muni não se interessa por ele. E se mostra ainda mais duro consigo:

Às vezes sua expressão facial dá a impressão de timidez, seus olhos transmitem medo, seus modos são inseguros e as ações indecisas, sua visão parcial, sua atitude negativa, e tudo isso junto passa uma idéia de um rapaz fraco, indiferente, descuidado, desprovido de propósitos, o que levou seu pai a declará-lo um inútil.

Neste momento um criado, assobiando uma canção de filme indiano, entra no quarto e avisa Shani que o coronel Murad quer vê-lo. Papai sente-se aterrorizado e escreve: "Se Shani aprendeu alguma coisa na escola particular inglesa, foi a manter a cabeça fresca. A não levar nada nem ninguém a sério. A se considerar melhor do que os outros". Então é isso que ensinam nesses colégios. Mesmo assim, Shani não consegue deixar de

57

pensar, enquanto se lava, penteia o cabelo e troca de roupa, no modo como seu pai inspeciona tudo ao circular pela casa, como se ainda estivesse no quartel. O coronel Murad costumava ficar "furioso":

> Bastava que seu pai o encarasse por um momento ou erguesse a voz para Shani tremer e empalidecer. Era puro medo. Se o pai dissesse que queria vê-lo na manhã seguinte, Shani não conseguia dormir. Passava a noite inteira em claro, preocupado. Seu corpo entorpecia...

Certamente vários tios meus tinham temperamento "vulcânico", Omar inclusive. Aquelas demonstrações descontroladas de autoritarismo me surpreendiam. Suponho que lembrassem brigas no críquete, além de mostrar o que se perdera na moderação suburbana. Por alguma razão meu pai se orgulhava de seu autocontrole. Sua violência, como a minha, se manifestava por meio de mau humor, silêncio e olhares zangados. Ele praticava o que chamava de "técnicas de respiração profunda" para dominar a fúria indesejada.

Ao entrar no escritório, "Shani tremia. A porta dupla que dava para a sacada estava aberta e ele viu que o céu escurecera. As primeiras gotas de chuva caíam".

Para sorte de Shani o pai não estava sozinho, e sim acompanhado de Niazi, um primo do exército. "Havia três estrelas no ombro, além de uma fita tricolor acima do bolso recheado. Seu quepe pontudo jazia no chão." Ao contrário do pai e de Mahmood, Niazi sempre animava Shani. Certa vez, juntos, mataram uma cobra a tiros, o que me surpreende, não consigo imaginar papai atirando em nada. Mas, infelizmente, não encontrei nenhum relato do episódio.

Shani escuta Niazi e o pai. Niazi serviu em Tobruk. Foi

uma batalha dura; Rommel era um grande general, mas ficou sem combustível. Shani sabe muito bem o que é a inveja; teme que o relato de Niazi deprima o coronel Murad. Quando o coronel Murad ressuscita uma história antiga a respeito da luta contra as tribos afegãs perto de Khyber, Niazi consulta o relógio.

Para alegria de Shani, em vez de repreendê-lo o coronel Murad o chamara para sugerir que acompanhasse Niazi nas compras. Assim que entraram no velho Ford preto, Niazi diz: "Você já trepou com uma mulher?".

"Não", diz Shani. "Mas já saí com algumas moças."

Niazi explica que o mundo no momento é um lugar perigoso. Ele ouviu dizer — não se sabe como, talvez Mahmood tenha dito algo ao coronel Murad — que Shani sente uma paixão devastadora. Niazi pretende levar Shani para "dar uma trepada". Fala de uma mulher num lugar conhecido, "do Sul da Índia, miúda e escura como um cu. Ela vai sacudir tanto seus ossos que seus ancestrais vão se revirar no túmulo".

Minutos depois Niazi estaciona o carro na frente do "Taj Massage Parlour", na Grant Road. Papai se prepara para entrar.

Devo confessar que é desconcertante entrar num bordel com o próprio pai, em especial o tipo de local descrito por Omar em seu livro, "literalmente um mercado de carne, o fim da picada, ninguém poderia descer mais baixo". Em matéria de sexo, em contraste com a maioria dos irmãos, que não escondem o gosto pelas mulheres, meu pai sempre se mostrou muito conservador. Colocava a segurança e a estabilidade na frente da excitação. Claro, nem sempre foi assim.

4.

Um primo meu, Nusrat, que mora em Karachi, veio fazer uma visita. Eu o encontro a cada cinco anos, mais ou menos. Ele fotografou Omar para a quarta capa de *Era uma vez*; também aparece no livro, quando bebê, o primeiro sobrinho.

Saímos para visitar um amigo dele, diplomata paquistanês. A crise da Caxemira recrudesceu novamente, brinco com a idéia de que um paquistanês poderia deflagrar a Terceira Guerra Mundial. Encontramo-nos na embaixada do Paquistão, onde meu pai trabalhou durante trinta anos, e que visitei pela primeira vez aos quatro ou cinco anos, nas festas de Natal, usando um pulôver tricotado por minha avó e um capacete de policial. Quando eu não queria ir à escola, acompanhava meu pai ao serviço, sentava a seu lado na mesa, ficava brincando com a máquina de escrever. Tempos depois, na época da faculdade, eu telefonava para papai na embaixada, e íamos almoçar num pub ali perto.

O local não mudara: papel de parede medonho, carpete puído, fotografia de Jinnah, acompanhado agora pela de Musharraf. Havia um refeitório excelente, eliminado, meu pai explicou certa vez, porque os inebriantes aromas da comida incomodavam as orações de sexta-feira dos outros funcionários — eles pensavam em *chapatis* e *kebabs* em vez de pensarem em Alá.

O diplomata é cosmopolita, formado no Ocidente; naturalmente, seus filhos foram educados aqui. Temos de sair para beber uísque. "Se beber no recinto serei demitido", ele alega. Lá fora, na escadinha de acesso, muçulmanos barbudos de gorro e *salwar kameez* distribuem panfletos sobre o islã e convocações para reuniões políticas na mesquita. Policiais ingleses armados patrulham a rua.

O diplomata informa que a ameaça "nuclear" é bravata. O único modo pelo qual tanto a Índia quanto o Paquistão conseguem persuadir países poderosos como os Estados Unidos a ajudarem a buscar uma saída. Os britânicos foram embora, mas a dependência continua. Nada pode ser feito sem as "grandes potências".

O diplomata declara que seu projeto é abrir uma escola no Paquistão. Respondo que a educação é muito importante, assim como água potável e eletricidade. Ele concorda, mas antes de tudo seu objetivo é ensinar aos meninos "a diferença entre o certo e o errado". Aquela visão me surpreende, pois é a do Talibã, e me dá vontade de dizer: "Como se alguém soubesse o que é isso. Não conheço muitos ocidentais que acreditam ser a educação algo principalmente 'moral'". Para nós ou é informação ou estímulo da curiosidade natural. Não espero que meus filhos recebam lições de moral na escola, pois creio que não servirá para nada. Nossos imperativos deixaram de ser morais; estão relacionados ao sucesso, mas nem por isso deixam de ser rígidos. Para nós, ser feliz é mais importante do que ser bom, e não há muita relação entre uma coisa e outra.

Passaram-se vinte anos desde que visitei o Paquistão. Como

é um dos países mais perigosos e desconfortáveis do mundo, não sinto vontade de voltar, embora minha curiosidade a respeito do que as pessoas de lá pensam tenha crescido, particularmente após os ataques ao World Trade Center. Meu primo informa que Karachi "melhorou" desde que estive lá. Quando pergunto no quê, ele responde "Temos McDonald's e Kentucky Fried Chicken atualmente", deixando claro, como muita gente no Terceiro Mundo já sabe, que os elementos exportados pelos Estados Unidos não são educação, cultura, saúde e uma tradição de inconformismo, mas seus piores aspectos degradantes.

Nusrat trabalha com relações públicas, além de jornalismo. Ele me conta que precisa ser "cuidadoso". Se fizer críticas ao governo pode ser "levado embora" e trancado numa cela "por alguns dias". Depois disso, nunca mais seria o mesmo. Perderia a vontade de escrever ou dar sua opinião. Um antigo colega, cantor paquistanês hoje residente em Birmingham, também andou contando como é a luta no Paquistão para manter a cultura viva enquanto os *mulvis** atacam a música e as artes visuais. Ele alega que eles almejam uma sociedade na qual não haja cultura, apenas imperativos religiosos.

Pergunto a meu primo se ele trocaria o Paquistão pelo Ocidente, como alguns tios e primos nossos fizeram. A família vive mais ou menos dispersa, atualmente. Um primo meu virou médico na Alemanha, o filho de Omar mora em Dubai. Outros residem no Canadá ou nos Estados Unidos.

Obviamente Nusrat andou pensando nisso freqüentemente. Se o sujeito tem vocação para crítico, ou sonha com aspectos comuns da liberdade, depara com a difícil decisão de ficar ou ir embora. As duas opções apresentam desvantagens. Meu primo revela que tem medo de virar motorista de táxi ou garçom no Ocidente. Nem todos os médicos, empresários, gênios

---

* Pregadores e estudiosos muçulmanos. (N. T.)

da computação ou contadores que abandonam o país conseguem exercer a profissão no Ocidente. Ademais, a vida sempre é "menos estressante" no Paquistão. Os norte-americanos trabalham demais; os paquistaneses tomam chá e conversam, amigos entram e saem do escritório. No Ocidente a conversa é menos importante. Lá, o status da família não conta nada.

Enquanto discutíamos isso lembrei-me de que Nusrat já havia aparecido num livro, como ele mesmo, no relato de não-ficção de V. S. Naipaul sobre o mundo islâmico, *Entre os fiéis*. "Vidia sempre me procura em Karachi", Nusrat costumava dizer.

De volta ao livro de Naipaul, vejo como "Vidia" o descreve: "Nusrat mistura ascendência Punjab e Madras, de modo que no Paquistão ele é meio nativo, meio mohajir, ou seja, um estrangeiro muçulmano indiano, meio aceito, meio um sujeito que acha que, como paquistanês e muçulmano, não está fazendo o bastante". Depois Naipaul o cita: "Precisamos criar uma sociedade islâmica. Não podemos nos desenvolver do modo ocidental. O desenvolvimento só virá numa sociedade islâmica. É isso que nos dizem".

O livro de Naipaul foi publicado em 1981, e eu o li em Karachi em 1982. (Ao me ver lendo, Omar disse: "Naipaul só sabe nos insultar".) Olhando para o livro novamente, vejo que Nusrat discute com Naipaul os mesmos temas que debate comigo. Mas ele não deixou o Paquistão e agora não consegue enfrentar as conseqüências desse "exílio", só se lamenta pelas outras vidas que poderia ter levado, pois em comparação com sua vida atual elas parecem tentadoras. Segundo ele, é difícil não se sentir como o "primo pobre" que deixaram para trás, na comparação com os "sofisticados" que partiram.

Niazi, ao levar meu pai para o bordel, é impulsionado pela idéia de que o mundo é um lugar perigoso. A guerra também

Sattoo em uniforme da RAF

não sai da cabeça de Omar: em *Era uma vez* ele fala no medo de a Índia ser bombardeada. Para ele, a queda de Cingapura "abala" o mito da supremacia do homem branco. Em Bombaim há blecaute e racionamento; cartazes alertam as pessoas para não disseminarem boatos. Por outro lado, Omar escreve sobre seu bairro, que se tornou uma espécie de Beverly Hills. Gulloo, o irmão caçula, trava amizade com o ator Dilip Kumar. Por perto há dançarinas e atrizes "esbanjando sex-appeal".

Depois surgem os retornados. Sattoo, um dos irmãos mais velhos, é oficial da Força Aérea. "Ele voltou para a Índia num navio para transporte de tropas, que contornou o cabo da Boa Esperança. Eles atracaram na Cidade do Cabo, mas os praças e oficiais indianos não puderam descer por causa das leis raciais da África do Sul. Sattoo liderou um protesto e ameaçou se amotinar."

Como seu pai, Sattoo se desiludiu com o domínio inglês, tendo descoberto, a exemplo de outros indianos das forças armadas, que os britânicos ficavam muito contentes com o fato de indianos morrerem por eles, mas não os aceitavam em seus clubes. Não era só isso: Gandhi, em sua *Autobiografia*, relata ter sido retirado à força de um vagão de primeira classe de um trem sul-africano e obrigado a viajar em vagão de carga. Depois, em outro trem, foi espancado. "Vi que a África do Sul não é lugar para indianos que se dão ao respeito."

O irmão mais velho da família Kureishi, Nasir, tinha dezessete anos a mais que Omar, e na época residia em Calcutá, onde trabalhava para o Departamento Indiano de Suprimentos. Segundo Omar, ele e meu pai pegaram o Calcutta Mail para visitá-lo, numa jornada de dois dias "através da vastidão da Índia". Viram o rio Ganges pela primeira vez e encontraram, ao chegar na estação, homens e mulheres que pareciam "cadáveres". Crianças de barriga inchada permaneciam assustadoramente quietas. Não eram os mendigos convencionais da Índia. Aquelas pessoas estavam morrendo de fome.

Quando éramos crianças meu pai queria que comêssemos, claro. Quantos dramas familiares se desenvolvem em torno daquilo que os filhos vão ou não pôr em seus corpos? Quando papai ficava bravo ameaçava "enfiar a comida até a garganta". A "fome da Índia" passava muito na tevê quando eu era criança. Creio que assistíamos à primeira das muitas fomes televisionadas.

A Índia era o país de meu pai, e entendo que para ele a comida — e o que significa comer ou passar fome — tinha uma conotação diferente do que tinha para nós. Considerávamos também o contraste entre nossa fartura crescente e a privação de um país pelo qual os britânicos tinham total responsabilidade, até recentemente. À medida que o consumo crescia e as pessoas do Primeiro Mundo adquiriam uma consciência maior de seus corpos — pessoas de todas as classes se fascinaram com dietas, nutrição e exercício —, uma das funções do Terceiro Mundo era servir de contrapeso, criando uma mancha de culpa necessária.

Eu me lembro de ter pensado nisso quando escrevia *O buda do subúrbio*, particularmente após a visita à comunidade de Rajneesh em Poona. Qual a posição do "Oriente" no discurso do "Ocidente"? Tanto a pobreza quanto a sabedoria estavam sendo usadas para alguma finalidade. Uma religião benigna como o budismo, ao lado da versão do hinduísmo adotada por pessoas como George Harrison — menos rígida em termos morais do que a maioria das religiões ocidentais —, parecia caber direitinho no capitalismo cada vez mais frenético do Ocidente, criando um espaço "espiritual" tranqüilo no meio da fragmentação social e do progresso tecnológico. Se for estressante demais ser uma "máquina de desejar", com as conseqüências obrigatórias do sucesso na profissão, no sexo e na vida social, depois do serviço havia a possibilidade de paz espiritual e "integridade".

Há, porém, outras formas de "integridade".

5.

No bordel Shani é apresentado a Lucy. Papai diz: "Ela era parda, com traços finamente cinzelados. Usava sari de algodão branco e blusa rosa. Caminhava graciosamente, as cadeiras balançando para dar sex-appeal ao traseiro". (Havia obviamente muito "sex-appeal" naquele tempo.) Niazi explica a ela que seu primo Shani é virgem, e diz: "Quero que você dê um banho de foda caprichado nele, Lucy".

Meu pai prossegue: "Lucy levou Shani a um salão grande, dividido em cubículos. Dentro deles havia mesas compridas sobre caixotes, cobertas com lençóis brancos. Sobre eles puseram colchões verdes e dois travesseiros".

Elogiando o rosto bonito e o cabelo encaracolado dele, ela o despe e o lava. Envolvendo-lhe o pênis com os dedos, ela diz que o sexo é onde "um homem encontra seu Brahma. Você entrará em um mundo de supremo prazer". Para ajudá-lo a se controlar — papai teme "derramar o leite", como diz —, ela recomenda exercícios respiratórios de ioga. Talvez aquele bordel seja, portanto, a origem do interesse de meu pai pela ioga e pelo controle da respiração. Quando ele morreu, recordo-me, fazia exercícios respiratórios.

Meu pai ficou muito satisfeito com a aventura. Nada de pai, mãe ou irmão — só ele, a mulher e seu prazer, sem culpa nem revolta. Ele não menciona a mulher por quem se "apaixonou", Muni. Na verdade, exalta as virtudes da prostituição como auxiliar do casamento, embora ele não fosse casado, claro, o que só aconteceria dali a doze anos. Mas Lucy foi para ele uma mãe suplementar tão boa que ele a compara a outra mulher indiana, Madre Teresa, que "leva esperança, conforto e ajuda". Ela vende sexo e também a idéia de sexo. A cena começa com um rapaz sendo aterrorizado pelo pai, e este, por sua vez, sendo humilhado por outro homem, Niazi, mas se encerra com a iniciação do rapaz, que pensa no mundo de prazeres que tem pela frente, distante da família.

Onde começa e onde termina o sexo? Sexo com freqüência é a lembrança do sexo, bem como a fantasia e a antecipação. A sensualidade da cena evocou em mim o amor de meu pai pelo próprio corpo: papai exibia seus músculos e falava deles, o pescoço grosso, as diversas cicatrizes e o tamanho do estômago. Quando eu era pequeno, adorava me pendurar em seu pescoço para que me levantasse; lutávamos no quintal e corríamos no parque, lutávamos boxe e jogávamos badminton. Feminino em seu narcisismo, dotado do que se poderia descrever como "espalhafato muçulmano", ele vivia às voltas com roupas, abotoaduras, sapatos, gravatas, perfumes, talco. Ele se barbeava pela manhã, e novamente caso alguns fios escapassem. Passava suas camisas e engraxava os sapatos. Perdia horas para se vestir, se perfumar, umedecer a pele, preocupado com o cabelo, que usava sempre com óleo. Adorava espelhos e ser elogiado pela aparência. Mas se preocupava por eu usar brinco, temendo que eu fosse homossexual.

Enquanto minha mãe ocultava o corpo — por pudor —, meu pai gostava de ser tocado por mim. Ele não se interessava muito por meu corpo e suas crescentes exigências instintivas: era ele quem deveria sentir o prazer. Quando se banhava, me levava consigo. No banheiro minúsculo eu lhe ensaboava as costas, passava óleo na cabeça, pisava nas costas, massageava pés e mãos — uma intimidade que eu adorava, como filho que se sentia privilegiado por desempenhar um papel que sabia caber à esposa, enquanto o pai se divertia retornando mais e mais à condição de bebê mimado.

Omar descreve Calcutá como uma cidade dividida em duas, uma parte inglesa, outra bengalesa. Claro, a própria Índia estava prestes a se dividir, assim como a família Kureishi. Omar diz: "O momento da verdade se aproxima para a Índia". Não muito longe dali, no parque Shivaji de Bombaim, ocorriam manifestações públicas.

No relato de meu pai acontece o seguinte: ele está sentado no terraço, afogueado, pensando como Lucy acalma seus medos e afasta suas dúvidas. Ela lhe ensinou uma coisa útil a respeito da excitação: ela deve ser mantida, e não descartada. A aventura sexual recente de Shani foi ainda um triunfo sobre o irmão Mahmood, que dorme apenas com retratos de Betty Gable e Rita Hayworth.

Mas as reflexões de Shani são interrompidas pela súbita chegada de seu amigo Masood, que ele viu pela última vez no restaurante de Irani. Masood pede a Shani que o acompanhe. "Está havendo uma manifestação gigantesca." Ali perto, no parque, ecoam sirenes, gritos e tiros. Manifestantes do Congresso portam faixas que dizem "Ingleses fora da Índia. Abaixo o imperialismo britânico". Um rapaz grita: "Camaradas, incendiamos a delegacia de polícia de Dadar e descarrilamos os trens de tropas. Viva Jayaprakasn Narayan!" (líder do partido socialista do Congresso).

A polícia ataca a multidão com *lathis** e gás lacrimogêneo. Um operário socialista atira um coquetel molotov no inspetor da polícia, que morre queimado na frente de todos. Shani hasteia a bandeira nacional numa árvore. De repente ele vê Muni, que ajuda a derrubar uma perua da polícia que leva manifestantes para a cadeia. Um policial está a ponto de atingi-la na cabeça com seu *lathi*, o que poderia até matá-la. Shani intercede com um grito, pega uma pedra e a joga no policial. Sempre bom lançador, ele acerta o policial, que cai. Outros manifestantes encharcam o sujeito de gasolina e jogam um fósforo.

Quando a polícia começa a disparar contra a multidão, Shani leva Muni a um esconderijo seguro, perto do restaurante Irani. Shani retorna à manifestação, pega um *lathi*, atinge um policial na perna e liberta Masood, que estava prestes a ser jogado num camburão.

Shani retorna a Muni, que o aguarda. Eles observam as tropas britânicas que tomam posição, armadas com submetralhadoras Sten. Os dois fogem para a praia, onde Muni enlaça a cintura de Shani. Eles vêem uma cena adorável: "Dois velhos de *dhotis* brancos abaixavam-se e molhavam o corpo, cantando em sânscrito".

Ela diz: "Quer se encontrar comigo de novo?".

Ele quer. Os dois trocam um beijo e se afastam.

Até agora, no decorrer da narrativa, Shani mudou de uma cidade para outra, perdeu a virgindade com uma prostituta e foi responsável por incendiar e matar um policial, salvou o amigo da prisão e beijou a moça por quem se apaixonara. Sente orgu-

---

* Cassetete pesado de ferro e bambu, usado pela polícia indiana. (N. T.)

lho por participar da luta pela independência da Índia, que é também a sua, em diversos sentidos. E mostrou, no devaneio que acabamos de ler, que pode ser corajoso. Salvou o amigo — cujo nome é similar ao de seu irmão — e a moça a quem acredita amar. Finalmente ele obtém algum crédito.

Ele também se salvou, e aprendeu que ser herói não basta para dissipar os sofrimentos causados pelo desejo. Querer uma mulher é invocar uma série de outros elementos, constatar que outros homens também a desejam, e que será preciso competir por ela. Cada vez mais obcecado com Muni e com o que ela poderá oferecer agora que lhe deve tanto, ele não consegue comer nem dormir direito. Isso, em parte, é culpa da Índia: pais indianos guardam a virgindade da filha "como se fosse um pote de ouro". Seria impossível a um rapaz como ele visitar Muni sem a presença de uma acompanhante.

Ele descobre que seu irmão fez exatamente isso. Sem contar a Shani, Mahmood levou à mãe de Muni pó Yardley e sabonete Pears, adquiridos na loja de suprimentos para militares, pois conhecia a vendedora. (Ao lado dos livros, o sabonete parece funcionar como moeda para a família Kureishi.) De acordo com Mahmood, Muni pediu-lhe que a levasse para ver *Casablanca*. Assim como sempre foi mais próximo de Bibi que Shani, Mahmood encanta tanto a mãe quanto a filha.

Quando Mahmood diz que pretende ensinar Muni a montar e andar de bicicleta, acrescentando que talvez ele "venha a montar também!", Shani se volta contra o irmão audacioso, ambicioso e desinibido. Os dois se enfrentam, prontos para disputar a moça a tapa. Eu me pergunto se teria chegado a hora de um confronto apocalíptico entre eles. Mas Shani, reproduzindo aparentemente o relacionamento com o pai, já se sente "derrotado, arrasado. Enganado, passado para trás".

Apesar de tudo, Muni convida Shani a ir a sua casa; ou melhor, a mãe dela faz isso. Mais surpresas: Muni está de cama, recuperando-se da manifestação. Acima da cama há uma foto imensa de George Bernard Shaw, já idoso. Assim como o sabonete que Mahmood levou para ela, Shani nota o romance *A servidão humana*. (Toda a cultura literária no livro de papai é britânica.)

A essa altura meu pai quer saber, desesperadamente, se Muni será sua namorada ou não. Não salvou a vida dela? Mas a mãe, mastigando bétele e cheirando a cúrcuma, menciona outro homem, Ashok. A mãe explica: "Shani, Ashok está noivo de Muni. Eles foram prometidos quando Muni tinha três anos, e Ashok, cinco. Devem se casar no ano que vem".

Shani só consegue dizer: "Fico contente em verificar que nossos costumes medievais continuam fortes. Pensei que casamentos arranjados na infância estavam obsoletos".

Furioso com a rejeição — "Penetrara no mundo das facadas pelas costas, maledicências, traições, egoísmo e fingimento" —, ele volta para casa e descobre que a adorada avó, Nani, faleceu. "Era a única pessoa que o amava de verdade."

Algo muito peculiar é dito, então. A mãe de Shani, Bibi, pede que ela a console quando o coronel Murad volta do clube, cheirando a uísque. Ao vê-lo, Bibi cobre o rosto com a *dupatta*.

> Eles não se falavam ou olhavam havia mais de dez anos. O coronel Murad continuava bebendo e dançando com mulheres parses. Era realmente para salvar as aparências, e por insistência de Mahmood, que eles não tomavam atitudes que poderiam prejudicar o bom nome da família, e permaneciam casados.

Quanto mais a mãe chora — sendo invariavelmente confortada por Mahmood —, mais furioso e ressentido Shani se sente. Ela o negligenciou, preferia recitar versículos do Corão; agora, chora sozinha.

Escrevi que acho estranho meu pai não mencionar o distanciamento dos pais dele até a metade do livro, onde surge quase por acaso. Dez anos é muito tempo para um casal ficar sem se falar, e meu pai tem apenas dezesseis anos. De todo modo, Bibi já demonstrou que se afastara de todos eles. No mínimo, meu pai vinha observando aquele casamento de fachada (que mesmo assim resultou em doze filhos) de perto. Gostem ou não, os filhos sempre pesquisam o casamento e descobrem muitas coisas a respeito dos desentendimentos, do prazer e do destino do amor.

Meu pai observava o relacionamento de seus pais, assim como eu fazia com os meus, e como fazem meus filhos, perguntando-se o que afinal aqueles dois estavam fazendo juntos e o que esperavam um do outro. Embora as crianças percam muita coisa, conseguem entender um bocado, e não dá para saber o papel desse conhecimento dentro delas, e no que desembocará, futuramente.

Por um tempo a vida em comum de meus pais era para mim o mundo inteiro. Vi que nunca pareciam proporcionar prazer um ao outro — pelo jeito, não gostavam de ficar juntos — e vi que a dor tampouco era intensa. Suponho que aquela modorra suburbana tenha mantido muitas coisas ruins afastadas, tanto as pessoais como as políticas. O século xx pode ter sido um desastre, mas houve enclaves suburbanos ocidentais nos quais não aconteceu absolutamente nada. Como filho protegido, eu não sabia do que me mantinham afastado, mas sabia que havia alguma coisa lá fora, e tão perigoso que a conseqüência de sair de casa era terrível, uma espécie de doença mental.

Uma coisa aprendi: para fazer o casamento funcionar, meus pais dividiram as tarefas. Minha mãe se concentrou em minha irmã e em seu grande amor, ver televisão. Como papai, minha mãe gostava de histórias, em seu caso, novelas a que assistia diariamente, assim como minha avó materna devorava dúzias de grossos romances açucarados. Minha mãe era discreta e nunca falava de si, mas quando se gabava dava destaque a sua "placidez", e usava as novelas como calmante — uma utilidade inegável das narrativas. Meu pai não queria uma mulher pela qual tivesse de competir com outros homens. Queria ficar livre para se concentrar em mim. Pelo jeito, pretendia desempenhar todos os papéis: pai, mãe, irmão, amante, amigo, sem deixar muito espaço para mais ninguém.

Creio que me perguntei muito o que os dois estavam fazendo juntos, mas isso não era algo que os preocupava. Se por acaso eu sugerisse a meu pai que ele e mamãe poderiam tentar a vida com outras pessoas, ele responderia que era uma crueldade abandonar a mulher, como se ela não tivesse saída sem ele. Dizia que continuava casado com minha mãe porque eu não iria gostar se ele fosse embora. Não conseguia dizer que estava com ela porque queria, ou precisava, ou gostava.

Eu acreditava, contudo, quando comecei a realizar minhas próprias investigações sexuais, que meus pais estavam juntos de um modo que eu não queria para mim. Quando completei vinte anos, em 1974, escrevi em meu diário: "Meus pais são mórbidos. Minha mãe morre de pena de si mesma; está preparada para qualquer infortúnio".

A vida que eu teria com minha mulher seria muito melhor. Haveria menos rotina, mais animação e imprevisibilidade. Era essa a história que eu me contava.

O capítulo final do romance de meu pai transcorre algum tempo depois, e retorna a um motivo inescapável — o medo que meu pai sente do pai dele. Papai deve voltar para a escola, após as férias. Durante o descanso escolar, não mostrou uma carta que o diretor inglês endereçava a seu pai. Agora precisava levar a resposta do coronel Murad.

Meu pai repete os medos antigos: suor, tremores, insônia. Shani ganhou copas, troféus, medalhas e certificados, seus arremessos faziam a terra tremer, mas o coronel Murad não reagiu com orgulho ou amor. A família era obcecada pelo esporte, e embora o críquete na Índia interessasse às classes altas, o pai não podia considerá-lo uma atividade adequada a seus filhos. Curiosamente, porém, nos anos 1950, quando Omar jogava críquete em Kent, depois de ter voltado dos Estados Unidos, não muito longe de onde fui criado, meu avô foi vê-lo jogar.

De todo modo, o tormento de meu pai não acabara. "Fracasso aos dezesseis anos! A vida mal começara! O que ele precisava era de um pai capaz de guiá-lo!"

À medida que meu pai se aproxima do coronel Murad, descobrimos outro aspecto peculiar: os aposentos do pai dele são inteiramente verdes. "Teto, tapetes, luminárias, sofás, tudo." Parece que o coronel Murad acreditava que "muitas cores causavam confusão". Na ocasião, até o coronel Murad estava de verde, símbolo da vida natural e da fertilidade, mas também da inveja e da morte.

Shani pensa mais uma vez no fato de os negócios do coronel Murad irem mal, o que o debilita. Ele não aprofunda o tema, mas meu pai aparece no livro de Omar, vinculado à fábrica, em várias ocasiões. Depois de ter passado nos exames, Omar diz: "Meu irmão Shannoo fracassou no exame sênior de Cambridge. Como se dizia naquele tempo, 'levou pau'".

Segundo Omar, meu avô queria que meu pai assumisse a direção da fábrica de sabão quase falida, de modo semelhante ao do jovem que assume a antiga lavanderia em *Minha adorá-*

vel lavanderia, embora no caso ele estivesse escapando da companhia opressora do pai, e não se unindo a ele. Omar diz o seguinte: "Muito relutante, Shannoo passou a acompanhar meu pai à fábrica. Ele levava sempre *A montanha mágica*, de Thomas Mann, que estava lendo na época".

Omar e Shannoo foram enviados a uma cidade perto de Ahmedabad para fazer pesquisa de mercado:

> A viagem acabou sendo sensacional, conhecemos cidades pequenas e vilarejos, um trecho foi percorrido de camelo. Voltamos para casa e relatamos que o mercado parecia muito promissor. Contudo, era período de escassez, e portanto de mercado negro. Meu pai preferiu desistir, para seu alívio e para alívio ainda maior de Shannoo.

O livro de meu pai não acaba, apenas perde a força e pára. Eu me pergunto se faltam outras páginas, mas, no fundo, duvido. Descobrimos que a carta escondida por meu pai informa que ele deixou de ser capitão do time de críquete. Recusou-se a aceitar abusos racistas dos jogadores brancos. "É raro que um indiano jogue no time, e mais raro ainda que seja o capitão. Ele conquistou o respeito dos colegas e dos professores também. Foi capitão do time dos alunos numa escola inglesa na Índia Imperial!"

O coronel Murad, com sua moral militar, exige obediência, enquanto meu pai prefere a consciência. Somos levados a crer que o pai aprova a atitude do filho, com restrições. "Eu não sabia que você tinha tutano, Shani. Estou agradavelmente surpreso." Como a esposa do diretor joga bridge com o coronel Murad, ele pretende usar sua influência para devolver o comando do time a Shani. "A partir de agora, deixe tudo por minha conta, certo?"

Essa é, portanto, a única forma de conclusão do livro. Apesar de tudo, um final feliz.

Neste ponto, por um tempo, perco meu pai. Ao final do relato, e antes de eu entrar em sua vida nos anos 1950, há um hiato de dez anos. Para encontrá-lo novamente, só lendo o segundo volume da autobiografia de Omar, *O tempo passa*. Antes disso, no final do primeiro volume, uma coisa me surpreende. Foi dito que no relato de papai ele salva um amigo chamado Masood, e não seu irmão Mahmood, de nome similar, durante a manifestação. Masood é, pelo que consta no livro de Omar, o nome do irmão morto ainda pequeno em Tientsin, na China, quando a família residiu lá na época da Primeira Guerra Mundial. Omar procurou o túmulo em vão, quando foi à China, e conta que "nem meu pai nem minha mãe falam a respeito dele".

Omar/Mahmood teve coragem de visitar Muni, levando o romance e o sabonete. Omar/Mahmood é menos cauteloso que meu pai e entra na vida adulta com menos temores. Ele tem, nas palavras de meu pai, "o dom da palavra". Acredita que encanta as pessoas, que é adorável, que os outros o seguirão. Parece acreditar que pode fazer quase tudo, se realmente se dedicar. Que coisa para se acreditar; que dom. Meu pai, tenho a impressão, era adorável também, de modo similar, mas não acreditava na eficácia de seu dom nem conseguia realizar muita coisa. De onde vem, portanto, a crença de que alguém pode fazer diferença para os outros, de que alguém pode significar alguma coisa na vida deles?

Omar, como era de se esperar, desde cedo já pensava em dirigir filmes, o que me surpreende. Eu não tinha a menor idéia de que houvera tal precedente na família. Comecei a fazer meu primeiro roteiro, *Minha adorável lavanderia*, quando visitei Karachi no início dos anos 1980. Eu havia ido para lá por insistência de Omar, para visitá-lo, ver Sattoo e meus primos. O filme era, na época, uma combinação das cenas que ocorriam no pátio, na frente do meu quarto, transpostas para a Inglaterra e misturadas a elementos do meu passado.

Pensando no caso agora, vejo que meu filme trata de dois irmãos, um "inútil" e outro "eficiente", entre os quais o herói transita. Em relação ao irmão "inútil", desempenhado por Roshen Seth, o filho é solidário e protetor; o pai não tem ninguém, exceto ele. A história tem seu ritmo acelerado quando o irmão "eficiente", desempenhado por Saeed Jaffrey, leva o rapaz a um mundo sexualizado, meio criminoso, distante do mundo do pai. Em *O buda do subúrbio*, também sexualizei a família, destaquei o desejo, que ocupou lugar central na família. Em minha versão todos buscavam alguma coisa, não estavam só esperando. Isso ocorreu porque a espera em casa parecia interminável; enquanto esperávamos, escrevíamos, pois não restava muito a fazer.

Em Bombaim, Omar vai trabalhar com Zabak, um dos dois irmãos que não conheci. Diretor de uma revista sobre cinema chamada *Sound*, Zabak era, de acordo com Omar, um boêmio que "vivia no limite". Lembro-me de meu pai, sempre mais cauteloso, a descrever Zabak como um jornalista brilhante que se transformou num alcoólatra trágico, capaz de tomar as bebidas mais baratas e ordinárias, e que acabou se destruindo, isolando-se no Japão, longe da família.

Muito antes disso, usando o escritório de Zabak como base, Omar resolveu lançar sua própria revista, que chamaria de *Appeal*, "uma publicação apolítica de interesse geral". Meu pai era "editor de negócios". Omar logo se deu conta de que era isso que desejava fazer, apaixonadamente. Seu pai aprovou.

Logo saiu o primeiro número, que meu pai levou para ler no clube. O projeto alegrou Omar imensamente.

Mas o êxodo de muçulmanos da Índia estava prestes a começar, e não só o país seria dividido como estava à beira de uma guerra civil. Omar precisava decidir onde e como viveria. Dois irmãos continuavam em Londres. Achoo na London School of Economics; mas Sattoo, o irmão mais velho tão admirado, que se tornara piloto, voltara para lançar uma companhia aérea. Omar pergunta: "Vamos emigrar para o Paquistão como uma família unida, ou ficar em Bombaim? Devemos nos dispersar?".

Saíram apenas duas edições de *Appeal*. Nos épicos indianos, o príncipe heróico tem de passar pelo exílio — separar-se da mãe — para poder voltar como homem. Omar recebeu convite da universidade do Sul da Califórnia, da Escola de Cinema. Tootoo já estava nos Estados Unidos, e Zulfikar Bhutto, grande amigo de Omar desde a escola, também ia para lá.

Havia preocupações, porém. Eram "nativos" na Índia, mas nos Estados Unidos teriam pela frente a "questão racial", que chamou a atenção deles pelo que sabiam de Paul Robeson. Outra dificuldade séria era que não se jogava críquete em Los Angeles. Para Omar, o time dos XI do Coronel Kureishi era importante; a família inteira se unia em torno dele. A mãe e o pai não se falavam, havia vinte e dois anos de diferença entre o primeiro e o último filho, mas a intimidade que unia todos parecia indestrutível. Agora Omar se dava conta de que, embora tivesse a chance de ir embora, a família que deixaria para trás estava prestes a viver um conflito terrível.

Meu pai, como sempre, queria vê-lo longe.

6.

Na capa do segundo volume da autobiografia de Omar há uma bandeira norte-americana e três fotografias: Omar com Bob Hope, Omar de gravata-borboleta, num debate; e na terceira Omar, elegante, de camisa aberta no colarinho, está ao lado de uma mulher que parece contente com sua presença. Ele estava nos Estados Unidos em agosto de 1947, quando a bandeira do Reino Unido foi baixada em Karachi, e registra, com certo orgulho, "Temos nossa própria pátria".

Omar deixa claro que o fim do colonialismo é difícil para todos. Depois dos Estados Unidos, para onde irá ele? Ao Paquistão? "Serei um estrangeiro? Afinal de contas, nunca estive em Karachi e não morei na região que agora virou Paquistão."

Apesar das incertezas, o volume, recheado de anedotas e brincadeiras, mantém o tom irreverente e mexeriqueiro da família Kureishi quando se reúne, faltando apenas as provocações e venenos. De todo modo, a viagem aos Estados Unidos foi muito importante para um rapaz de vinte e poucos anos. Naquela época essas viagens eram consideradas formadoras. Em 1950, V.

Omar com Bob Hope

S. Naipaul partiu de Trinidad para Londres, passando seis anos sem ver a família, e escreveu: "Viajar para o estrangeiro pode fragmentar a vida da pessoa".

Contudo, ao lado do irmão Tootoo e de Zulfikar Bhutto (que abomina a criação de Israel e discute violentamente com um estudante judeu), Omar debateu, explorou e arranjou namoradas. Chegou a aparecer como extra na versão da MGM para *Kim*. Mais importante, Omar falou na rádio pela primeira vez. Ele se portou com uma curiosidade e um entusiasmo que eu nunca teria demonstrado. Seu texto transmite uma alegria da qual meu pai jamais seria capaz. Omar diz: "Os troféus que eu recebia [nos debates] superlotavam meu quarto".

Meu pai, imaginava eu, permanecia na Índia. Esse período me interessa, pela primeira vez ele ficava em casa por um longo tempo, sem o irmão. Então eu li: "Meu irmão Shannoo foi para Glasgow estudar engenharia naval. Grande chance de se tornar engenheiro naval. Ele preferia ser escritor".

"Em pouco tempo o navio chega e atraca em Southampton", escreveu Tagore em 1879. Portanto, essa não era uma jornada inédita para os indianos. Meu pai partiu sem ter a menor idéia de quando veria sua casa e seus pais novamente, ou de se

Shannoo em Paris

algum dia voltaria. Na adolescência, quando matava aula na escola, eu me escondia no sótão na hora do almoço, quando minha mãe vinha do trabalho, para ler *The ginger man*, de Donleavy, à luz da lanterna. O baú de meu pai, feito na Índia, coberto de adesivos exóticos, dominava o espaço restrito. Ele me contou várias vezes o quanto sentira saudades de casa durante a viagem de Bombaim a Southampton, e como precisara ser persuadido a não abandonar o navio e voltar para seus pais, durante a travessia do canal de Suez.

Meu pai estava em Londres, tendo desistido da idéia de estudar engenharia naval, quando Omar saiu dos Estados Unidos e foi para a Inglaterra pela primeira vez. Omar ia se encontrar com o coronel Kureishi, meu pai e Achoo, para a operação no pulmão de Sattoo, que contraíra tuberculose. Sattoo fora aos Estados Unidos para adquirir uma aeronave para a nova companhia aérea nacional, a PIA, que "faria a ligação vital entre as duas partes do país". Mas precisou retirar um pulmão.

Meu pai, acompanhado de Achoo e de meu avô, recebeu Omar na estação. Para Omar, comparada à Califórnia, a Inglaterra era uma "úmida decepção". Após a falência da fábrica de sabão, meu avô pelo jeito se aposentou, mudou para a Inglaterra e se separou de Bibi. Pouco sei a respeito, mas creio que tinha um caso com uma senhora residente em Hastings. (Consta que seus muitos "casos" o impediram de se tornar general.)

Enquanto Sattoo está no hospital, o coronel Kureishi o visita todos os dias. Nesse relato meu avô não parece ser um pai omisso ou indiferente, embora não tivesse muito a fazer, tendo abandonado trabalho, mulher e país. Mesmo assim, deve ter sido sua dedicação a alguns filhos pelo menos, talvez o primogênito, que deixava meu pai maluco, que o levava a se considerar particularmente excluído.

Descobri um conto mordaz de meu pai que ilustra bem sua incapacidade de se aproximar do coronel Murad. Chamado "Um passeio de riquixá", é passado em Madras, onde papai nasceu, e conta a história de Ramu, um puxador de riquixá que conduz um homem gordo, mais velho — pela descrição, parecido com o ator Sydney Greenstreet — pela cidade. O puxador de riquixá está doente e tenta economizar dinheiro para consultar o médico. O sujeito rico passa o dia instalado no riquixá, lendo um jornal com a manchete "Cingapura caiu". O conto termina quando o passageiro entra num hotel no qual Ramu não pode entrar. O sujeito desaparece lá dentro sem pagar a corrida. Meu pai sempre preferiu narrativas realistas; antipatizava com a arte "experimental", como se outros modos de escrever implicassem outros modos de viver. Mas sua obra torna-se quase surreal, ou européia oriental, em sua agudeza política e nos aspectos físicos grotescos, como na contemplação do indiano esquelético a transportar um sujeito corpulento pelas ruas da cidade colonial movimentada, lotada de mendigos. Sempre que o leio, penso em reescrever o conto como fábula — o que acabei de fazer, suponho.

Enquanto Sattoo se recuperava da cirurgia, os Kureishi que

chegaram se tornaram a única família asiática em St. Leonards, nas proximidades de Hastings, em Essex. Omar descreve os pubs de Sussex, os campos de críquete e os ônibus da Inglaterra dos anos 1950, uma região sobre a qual sempre gostei de ler, em *Brighton Rock* e, particularmente, em *Hangover Square*, de Patrick Hamilton.

Após sua temporada nos Estados Unidos, Omar retomou o críquete e descobriu que, pelo menos em relação a esse esporte, o sistema inglês de classes se assemelhava ao sistema hindu de castas. Ainda havia "cavalheiros" e "jogadores" (os que ganhavam a vida com o esporte). "Nos registros de pontos esses jogadores eram chamados pelo nome, enquanto os cavalheiros recebiam o prefixo 'Mister'. Havia vestiários separados para eles, que entravam no campo por um portão exclusivo."

Omar encontrou o irmão mais velho, Achoo, que lhe apresentou a poesia e a literatura modernas — por meio das obras de Eliot e Joyce, que discutiam em pubs rurais. Achoo vivia situação semelhante à de Omar — vagando enquanto tentava descobrir como deveria levar a vida. Eles nunca sabiam direito o que deviam fazer, aqueles jovens Kureishi eruditos e algo tchecovianos em suas dúvidas e futilidades, como se houvesse realmente algo importante que deveriam descobrir, de modo que afazeres menores não podiam distraí-los. Eles sempre se acharam importantes ou inteligentes demais para a situação em que se encontraram, como se o mundo sempre os puxasse para baixo, em vez de empurrá-los para cima. Pairava sobre suas vidas uma impressão de desperdício que não lhes dava sossego.

Quando Omar finalmente decidiu ir para o Paquistão e recomeçar a vida, meu pai, claro, foi até a estação Victoria para se despedir. Naquela altura papai já era funcionário da embaixada, ocupava uma saleta que dava para a Lowndes Square, em Knightsbridge, na qual havia uma mesa, uma poltrona, um arquivo e duas máquinas de escrever enormes. A embaixada do novo país ainda era recente; muitas tarefas eram desempenhadas por ingleses. Suponho que meu pai tenha aceitado o emprego de escriturário para pagar o aluguel, como algo temporário. Eu me lembro de ouvir falar nos colegas de papai, que iam e vinham, mas aquele seria o único emprego de papai durante a vida. Anos antes, a mãe de Bibi, Nani, dissera a Omar: "Que Deus o faça coletor de impostos". Omar considera isso um "emprego de primeira". E foi um emprego de primeira que meu pai arranjou, o regime do coronel Murad em casa sendo substituído pelo que nos anos 1960 chamávamos de "o sistema".

Antes da partida de Omar os dois irmãos conversam. Omar escreve: "Shannoo me disse que estava escrevendo um romance, mas não conseguia ir muito longe. Eu lhe dei a resposta burguesa típica, que ele deveria terminar seus estudos. No colégio e na faculdade ele fora um jogador de críquete brilhante, mas não se distinguia nas aulas".

Depois do casamento meu pai se mudou com minha mãe e os pais dela para o subúrbio de Bromley, em Kent, onde minha mãe sempre morou. Minhas primeiras lembranças são da lojinha que tínhamos na esquina, onde mamãe trabalhou até o nascimento de minha irmã. Mas vivíamos amontoados, e em 1958, quando eu tinha quatro anos, mudamos para a casa que seria meu único lar familiar. Havia dois quartos em cima e dois no térreo, com uma "depósito" do lado, que se tornou a sala de jantar. Local silencioso, com quintal que se avistava de meu quarto. Minha irmã e eu dormíamos nos fundos, meus pais na frente e meus avós no andar de baixo. A rua era sem saída, perto do parque onde jogávamos futebol e críquete. Aprendi a fumar nos quiosques; foi ali que toquei um corpo feminino pela primeira vez.

85

No inverno, era gelado: minha mãe acordava cedo para acender o aquecedor a carvão, depois nos reuníamos no único cômodo aquecido da casa para ver seriados, adaptações de Dickens, Charlie Chaplin e O Gordo e o Magro, na televisão. De noite a cama congelava; minha mãe dava a cada um uma bolsa de água quente e uma maçã; meus dedos grudavam na capa plástica dos livros da biblioteca. Pela manhã, no caminho para a escola, havia neblina.

Quando aprendi a andar de bicicleta, conquistei uma liberdade que é impossível para meus filhos, aqui na cidade. Meu pai, que mudou muito de residência na infância e fez uma longa viagem — para a Inglaterra —, nunca quis se mudar novamente. Amava o subúrbio, onde alegava encontrar tudo que precisava. Insultar o subúrbio equivalia a insultá-lo: ele considerava a ofensa pessoal.

Em termos de sucesso público meu pai não se deu tão bem quanto a maioria dos irmãos dele. Tinha um emprego de status reduzido e renda baixa. Queixava-se de tédio no serviço, sentia-se sufocado. O que o intrigava, e ele se encarregou de fazer com que nos intrigasse também, não era apenas alguém como ele acabar assim, mas o processo que o levara a acreditar que aquela seria a única vida possível para ele. Quando sentia dificuldade para continuar, costumava dizer que era um prisioneiro. Sem a família, gostava de insinuar, tudo teria sido diferente.

Uma das acusações contra os asiáticos era que não nos integrávamos, não participávamos da comunidade — como se a diferença fosse insuportável, ou as pessoas só pudessem gostar de quem fosse igual a elas. Bem, isso não podia ser dito a respeito de meu pai. Ele nunca tentou virar inglês, isso seria impossível. Mas ele adotou o modo de vida inglês.

Meu pai sofrera ao ver a mobília da família leiloada em Poona. Em meados dos anos 1960, a sociedade de consumo chegara aos subúrbios londrinos. A abundância de artigos domésticos baratos nas casas tornou-se uma forma de afirmação para todos. Lembro-me bem da primeira televisão, da geladeira e da máquina de lavar roupa. Quando a tevê chegou, nós e os vizinhos nos acomodamos em cadeiras duras, como se estivéssemos no teatro, esperando que o aparelho esquentasse e funcionasse. O esnobismo foi democratizado; a palavra da moda era "descartável". Se a mobília o incomoda, jogue-a no lixo. Nos anos 1980 tudo se tornou descartável, até o amor.

Nas manhãs de sábado passeávamos pela Bromley High Street, para comprar móveis novos sobre os quais meus pais discutiam acaloradamente, enquanto eu esperava a vez de ir à biblioteca e depois ao Wimpy Bar comer hambúrguer e tomar sorvete. Houve uma série de tapetes ousados que mais tarde, quando me familiarizei com a questão, passei a chamar de "fase Bridget Riley".* Seguiram-se mesas de centro e estantes de aglomerado. Na coleção de frases de meu pai que mantenho há uma que resume tudo: "Eles compravam feito loucos, a prestação!".

O mais extraordinário é que, como outros homens da região, meu pai embarcou na onda do faça-você-mesmo. As casas não eram reformadas desde a guerra. Algumas ainda tinham banheiro externo. Contudo, ao contrário dos outros homens, meu pai nunca fizera nada do gênero antes. Eu me lembro de que ele decidiu, meio arbitrariamente, "refazer" o forro. Colou placas de poliestireno no forro, em alguns quartos. Ele cortava mal as placas, de modo que elas nunca se encaixavam; fragmentos de poliestireno branco passaram meses presos a cortinas e tapetes, enquanto meu pai, em pé numa cadeira, segurado pelas

---

* Bridget Riley, artista plástica britânica nascida em 1931, destacou-se pelo uso da cor na op art nos anos 1960 e depois. (N. T.)

pernas por mim e por minha mãe, tentava colar as placas. De noite, quando víamos *Dad's army* e outras comédias na tevê, as placas se soltavam e deixavam manchas de cola horríveis no forro. Não sei se meu pai estava entregando os pontos ou não; creio que nem ele sabe. Seu comportamento lembrava uma paródia, fazia com que nossas vidas parecessem ridículas, como se não houvesse seriedade possível.

Restos da Índia, ou melhor, os fragmentos que existiam em sua família, grudaram em meu pai. Eram em geral culturais: críquete, livros, música, política. Mas papai aprendeu sozinho a cozinhar bem. Quando preparava um curry, começava de manhã e passava o dia inteiro na cozinha. Era uma espécie de exercício de paciência zen. Meu pai tinha em comum com os homens da região o conhecimento e o gosto pelo esporte, claro. No parque, organizava partidas de críquete com os meninos do lugar; conversava com eles sobre suas vidas e seus problemas; ele os encorajava; eu sentia ciúme. Os temores e angústias edipianas que ele descreve em seu romance parecem ter passado, como Freud sustentava que ocorreria inevitavelmente, na vida adulta; ou ele achou um jeito de viver no qual eles não o incomodavam.

Do ponto de vista dos filhos, os pais passam o tempo tentando ganhar a vida e cuidando da casa; o resto de sua energia é gasto para tomar inúmeras decisões: negociar, disputar, discutir e brigar até chegarem a um acordo, ou tentar discordar amigavelmente. Parece haver pouco prazer nisso, mas os pais convencem os filhos de que esse é o único jeito de sobreviver. Os filhos podem chegar a acreditar que é sua tarefa animá-los um pouco.

Apesar de tudo, meus pais tinham muita coisa em comum. Ambos almejavam uma vida calma, controlada, conforme o modelo suburbano de esposa satisfeita em casa, pai heterossexual

na rua trabalhando e filhos com desempenho escolar satisfató-
rio. Era o paradigma que víamos na televisão, nas comédias britânicas e também em *I love Lucy*, *The Dick Van Dyke show* e *A
feiticeira*. Não seria essa a versão que Omar observaria nos Estados Unidos. Havia, porém, um mundo reconhecível nos contos
de John Cheever, que conheci mais tarde, embora seu mundo
seja mais opulento. Ele registra pertinentemente a aspiração,
em "The county husband": "As pessoas na sala dos Farquarson
pareciam unidas no entendimento tácito de que não houvera
passado, nem guerra — não havia perigo nem problemas no
mundo". Mas Cheever se surpreendia com o custo psicológico
desse tipo de contentamento. Depois de se interessar pela jovem baby-sitter, o protagonista visita um psiquiatra a quem
anuncia, solene: "Estou apaixonado, doutor Herzog". Os personagens de Cheever estão sempre se apaixonando inadequada-
mente; esse é seu encanto e sua desgraça.

Cheever deixa claro que a complacência é impossível e de
todo modo indesejável. A tentativa de gerar um ambiente completamente seguro — café sem cafeína, guerra sem morte, sexo
sem contato — só serve para diminuir a vida. Um mundo em
que as pessoas não podem comer é um mundo em que as pessoas não podem viver. O que mais há nele, além das paixões e
suas vicissitudes?

Faz alguns anos, fui convidado a falar a respeito do sentido
da cultura a um grupo de estudantes de administração. Trocá-
vamos olhares meio perdidos quando alguém disse: "Precisamos
realmente da arte?". Penso nos subúrbios e no uso perverso da
arte e da cultura como fatores de distinção social — esnobismo
— e em sua associação com a presunção e o exibicionismo,
como Eva as usa em *O buda do subúrbio*. Contudo, essa não era
a norma. A maioria das pessoas participa de uma arte comuni-
tária qualquer: dançam, cantam, tocam instrumentos, tiram fo-

tografias, cuidam do jardim, contam histórias. Quase tudo que fazemos possui uma dimensão estética. As pessoas preferem a beleza à feiúra. Todavia, o abandono sexual e o abandono cultural podem ser considerados semelhantes. Como bem o sabem os religiosos fundamentalistas, arte e corpo são inseparáveis. A cultura ataca todas as certezas, e a privação cultural é uma forma de pobreza deliberada. Meu pai, com sua insistência em escrever e ser publicado, pelo menos mantinha viva uma forma de expressão.

Como eu, papai pode ter sido um fracasso na escola, mas levava a leitura a sério; exibia uma ótima formação em literatura, política e esporte. E, apesar de seu esforço para se integrar, ele sempre arranjava tempo para escrever, o que mostra sua singularidade. Sua vida foi parcialmente moldada pela rejeição de diversos editores. Despachava os livros, e estes voltavam; reescrevia o romance, que era recusado novamente. Esperança; desespero; retomada. De vez em quando ele ameaçava desistir da carreira de escritor. De seu ponto de vista, isso seria um desastre, uma espécie de suicídio. Dias depois ele estava de volta à escrivaninha, com uma nova idéia. Certa ocasião ele disse que insistia por não querer que eu visse sua derrota.

Só pode ter deixado minha mãe perplexa — a tentativa deste homem para fazer alguma coisa sem sucesso, sem desistir nem aceitar que fazia aquilo por diversão, como um hobby, e continuar a crer que escritor seria sua profissão e sua identidade. Vamos supor que o tempo inteiro essa mulher, minha mãe, soubesse que ele não estava sendo realista. Do ponto de vista dela, se ele abandonasse suas fantasias, a vida deles seria mais completa; escrever afastava o marido dela, e da vida que ela sonhava para os dois. Mas como persuadir alguém a deixar de lado suas fantasias mais profundas? E se fosse verdade, como era para meu pai, que o mundo "real" não se limitasse à realidade cotidiana de trens, guarda-chuvas, rotina, conversas no ponto de ônibus, mas fosse um mundo que existia no âmbito da fantasia, no sonho diário e não na vida ao acordar? Papai levava a vida perfeita, na qual as fantasias centradas em escrever encontravam expressão em seus livros. A vida real de meu pai poderia continuar a existir no futuro, quando ele se tornasse escritor. Meu pai levava uma vida, mas gostaria de viver outra — podemos chamá-la de vida paralela, que estava sempre adiante, para ele, e era o paraíso no qual entraria um dia. Nós o acompanharíamos, claro. Nesse sentido, era um projeto conjunto, embora não tivéssemos voz ativa no caso. O aspecto irônico é que, se meu pai fosse realmente persuadido a desistir de sua arte, ou, pior, se alcançasse sucesso, ele talvez sucumbisse à doença mental; sua escrita e talvez o próprio fracasso o mantiveram ativo e esperançoso, afastando o caos e a ansiedade.

Claro, o enigma dos livros, o que eles provocavam e a satisfação que causavam, sempre estivera no centro da família. Dois dos irmãos mais velhos de meu pai, Abo e Achoo, que passaram o período da guerra em Londres, eram basicamente acadêmicos. Abo vivia em Karachi, casara-se com uma importante poeta e acadêmica, Maki Kureishi; Achoo, formado em direito, morava num vilarejo em Somerset, onde dirigia uma escola para crianças autistas. Achoo era bem mais velho que meu pai, e eles não se conheceram bem, na infância, mas agora ele tinha uma filha dezoito meses mais nova que eu; éramos amigos e inimigos íntimos. Filha de um psicólogo infantil, ela era bem menos reprimida e muito mais autodestrutiva que eu. Ambos sofremos com problemas similares na escola, e fomos atingidos, de maneiras que não compreendíamos, pelo racismo.

Íamos de carro a Somerset todos os verões, para passar uns dias. Os irmãos Kureishi, embora afastados, sempre mantinham contato e em geral permaneciam vivos nas mentes uns dos outros. O apartamento de Achoo ficava a poucos quilômetros da casa de Evelyn Waugh. (Achoo o encontrou uma vez, na vizinhança, e lhe estendeu a mão; Waugh, um escritor a quem ainda admiro por sua prosa, não estendeu a mão, mas um dedo.) O escritório de Achoo, lotado de livros, com sofá, música e quadros, era meu lugar predileto. Ali ele lia Chaucer, Milton, Shakespeare, Russell e Orwell, dedicando-se a eles como um aluno que estuda para a prova, tomando notas, sublinhando. Ouvíamos discos riscados de Beethoven e do *Hamlet* de Gielgud, no qual o fantasma emitia sons pavorosos. A atmosfera de biblioteca, de calma dedicação, era o que eu desejava.

Eu preferia ficar com ele a brincar com as outras crianças. Achoo não era muito diferente dos personagens de Bellow ou Singer, um imigrante obcecado pela educação e pela vida acadêmica, que se mantinha um tanto distante do mundo, sem muito contato com o que estava acontecendo, usando os livros como barreira entre ele e a realidade. Meu pai sempre estimulava Achoo a escrever, o que o incomodava; como outros irmãos mais velhos, ele considerava meu pai meio maluco, por causa da obsessão pela escrita. Achoo pensava que, para ser escritor, o sujeito tinha de conhecer muitas coisas, como Bertrand Russell ou Orwell, ou viver perto da natureza, como os românticos e D. H. Lawrence.

Num verão, eu devia ter catorze anos, fui mandado para a casa de Achoo, pois era um caso perdido em matemática; eu também não estava me entendendo com minha mãe. Meu tio reconheceu uma ligação entre essas duas dificuldades. Enquanto Achoo discutia matemática comigo, eu olhava a sala. Embora conhecesse o nome da maioria dos romancistas, Achoo tinha também livros de autores dos quais eu nunca ouvira falar: Melanie Klein, Anna Freud, Piaget, A. S. Neill e Winnicott.

Ele falou sobre uma nova área de investigação, dizendo ser

algo que jamais havia sido tentado antes: a análise de crianças e a compreensão de seu desenvolvimento. Ele contou casos a respeito de crianças difíceis na escola — a violência, o retraimento, a incapacidade de aprender —, e de seu comportamento estranho, que ocultava um buraco negro de desespero. A intenção era ouvi-las, e não fazer com que se calassem. Disse que suas atitudes aparentemente "insanas" faziam sentido. O objetivo, portanto, era substituir a atividade pela palavra, por meio da educação com amor. Isso ocorreu, claro, antes da cultura de "terapia" em que vivemos, e do discurso confessional que a acompanha. Na época, as coisas mais importantes eram escondidas e a literatura era o único lugar onde se poderia encontrá-las. Mas a literatura por si só já constituía um código difícil de ser decifrado pelos jovens. Achoo insistia, porém, que, se os alunos quisessem aprender alguma coisa, deveriam poder pedir a ele, que os ensinaria ou os ajudaria a encontrar livros ou professores adequados.

Só por ser um homem assim ele já me ensinou um bocado. Depois disse algo surpreendente. Por vezes meu tio me hipnotizava, mas naquela ocasião estava falando, dizendo que eu sem dúvida notara que minha mãe tinha "um sorriso maravilhoso e uma voz adorável, sonora". Ele me disse que eu queria fazer amor com minha mãe e matar meu pai. Antecipando meus protestos, mencionou que todos os homens, inclusive ele, já sentiram isso; eu havia notado que a literatura estava cheia desses desejos, ou não? A peça *Hamlet*, por exemplo, apresenta essa estrutura. Ele se lembrava de ter desejado fazer sexo com a mãe. Fechei os olhos para não pensar numa coisa dessas. Quando os abri novamente, vi que os deles estavam cheios de lágrimas. "Se pelo menos eu pudesse vê-la novamente", disse. "Muitos de nós, irmãos, fomos embora e nunca mais voltamos. Sentimos falta dela, ela sente falta de nós, mas não estamos lá."

Aquilo me chocou da melhor maneira: fiquei intrigado e fascinado. Que a vida familiar fosse edipiana parecia uma coisa absurda para um adulto instruído afirmar, algo mais improvável que qualquer declaração de meus amigos ou letra de música. Era como se, antes disso, eu estivesse pondo os loucos e os sãos em categorias muito diferentes, embora a literatura nos ensine que não é esse o caso, obviamente. Mas, se os sãos também são loucos, como conseguimos conviver com isso? Eu queria saber mais a respeito dessas idéias. Onde foram escritas?

Por trás da cabeça de meu tio, na edição de capa dura da Hogarth, estavam as obras completas de Freud, que haviam sido traduzidas recentemente. O escritório de Achoo estava cheio de artigos orientais; o divã de Freud, claro, era coberto por um tapete oriental. Não que a obra de Freud tenha feito sentido para mim, quando a consultei, mais tarde. Achoo prosseguiu, dizendo que a chamada civilização era sempre frustrante. Homens e mulheres eram mais felizes naquilo em que mais se pareciam com os animais que haviam sido, muito tempo atrás. Isso era ainda mais intrigante: meu pai queria que eu fosse escritor, e meu tio que eu fosse um animal. Ele acreditava que os estudos nos livros haviam feito pouco por ele, mas essa era uma das razões pelas quais eu o amava.

7.

Quando Omar foi para o Paquistão, a vida dele e a de meu pai divergiram para sempre. Omar escreve: "Deixei a Índia, um país antigo, em junho de 1947, e retornei ao Paquistão, um novo país, em novembro de 1953". Essa jornada consta do terceiro volume da autobiografia de Omar, *De volta ao Paquistão*, para onde ele foi se reunir com a maioria dos outros Kureishi, que haviam se mudado para Karachi, uma cidade que ele não conhecia. Mas estava entusiasmado. "Fui para o Paquistão por escolha, não pelo que o país pudesse fazer por mim, mas pelo que eu poderia fazer pelo país. Havia no pioneiro paquistanês algo dos pioneiros que chegaram aos Estados Unidos a bordo do *Mayflower*, uma certeza em suas crenças e uma certa arrogância comum a todos os bem-intencionados."

Ele trabalhou como jornalista para o *Karachi Times* e depois se tornou comentarista de críquete. Antes da televisão, e quando saía pouca coisa de esporte nos jornais, o comentário radiofônico, jogada por jogada, era ouvido por milhões, numa batalha narrativa de cinco dias em que os comentaristas eram o coro grego. Até quem não entendia inglês escutava. No início, na casa de Sattoo, Omar dividia um quarto com Bibi, sua mãe, que não entendia o que ele falava no rádio, mas conseguia perceber pelo tom de voz como o time se saía.

Omar tornou-se uma celebridade; seu nome, assim como o dos jogadores, era conhecido por todos. Críquete, e não a política ou a cultura, personificava o orgulho, a esperança e a ambição da nova nação. Os políticos e generais eram esquecidos com mais facilidade.

Num país nascente do Terceiro Mundo, o esporte pode representar uma afirmação pública e um foco do patriotismo. Leon Trotsky disse a C. L. R. James que o esporte como espetáculo era um substituto da atividade política. James, sendo mais sofisticado, via o críquete como parte de um "movimento histórico" da época, profundamente entranhado na sociedade. Sem dúvida, duas das crises educacionais mais ilustrativas de minha infância diziam respeito a esporte e política, uma coisa levando a certo conhecimento da outra. O caso de Muhammed Ali e seu confronto com o governo dos Estados Unidos por causa da convocação para a guerra do Vietnã foi um deles. O segundo, mais importante para mim — uma questão em que vi ser o esporte tão ligado à política racial quanto o sexo —, foi a história de Basil D'Oliviera.

D'Oliviera era um *all-rounder* sul-africano talentoso, mestiço, e recebera formação católica. Sendo pessoa "de cor", não podia representar o país como jogador profissional, por causa das leis raciais. Levado para a Inglaterra pelo jornalista de críquete John Arlott, de voz melíflua, mentor de Omar no rádio, ele foi contratado pelo Worcestershire como profissional. Em 1968, aos trinta e cinco anos, D'Oliviera foi proibido de jogar na África do Sul, mesmo como jogador inglês, o que causou o cancelamento da excursão. O primeiro-ministro sul-africano John Vorster disse que "Não é o time da Inglaterra, é o time do movimento anti-apartheid". Após a gritaria e a longa discussão sobre o papel da política nos esportes, os vínculos esportivos entre os dois países foram suspensos até a soltura de Nelson Mandela.

Para Trotsky, a ação política era concreta; o resto não passava de sublimação. Cultura e esporte seriam supérfluos em relação à necessidade essencial de mudar a sociedade. Sem dúvida, parece razoável sentir culpa por amar o esporte e a arte, ao contrário do que ocorre em relação ao amor à pátria ou ao trabalho. Mais uma vez, o prazer é problemático. C. L. R. James, porém, compreendia a complexidade do críquete. Ele via esse esporte como espetáculo estético, como arte, e comparava os jogadores de críquete, que desempenhavam um ato perigoso, nobre e de alto nível perante platéias imensas, a artistas como Menuhin e Gielgud.

Omar nunca alimentou ilusões sobre a interseção entre esporte, cultura e política. Tendo sido o primeiro jornalista paquistanês a visitar a República Popular da China, onde entrevistou Chou En-Lai, ele levou depois o time de críquete do Paquistão para o Quênia, e até jogou para a equipe, ao lado de Hanif Mohammed, o melhor rebatedor do mundo. Contudo, depois que o *Karachi Times* foi ocupado pelo governo e a lei marcial foi decretada — mais uma vez —, Omar passou a ver com pessimismo o futuro do Paquistão. Em Bombaim, "eles tinham amigos hindus, parses, anglo-indianos e judeus". Em Karachi faltava essa variedade, e "discordar se tornou perigoso".

Para haver esperança de alguma forma de democracia num futuro próximo era preciso acreditar na educação como pensamento crítico independente, e não pela repetição mecânica. Mas o governo do Paquistão, já corrompido, não considerava a educação prioridade. Como disse o diplomata amigo de

Nusrat, educação dizia respeito a "certo e errado", sendo em última análise uma forma de coerção moral. Caso contrário, o conhecimento seria subversivo, por mostrar modos de vida alternativos. Pelo menos Omar havia aprendido uma coisa importante na China: que ele não era comunista. Além disso, ao "planejar" o Paquistão, Jinnah vislumbrara uma sociedade pluralista em termos raciais e religiosos. Que não fosse nem socialista nem teocrática. "Ele não queria que a religião fosse assunto de Estado." Contudo, a tragédia do Paquistão era não conseguir resolver o que queria ser, e não ter tempo para descobrir. No meio-tempo, tornou-se corrupto e elitista.

O terceiro volume da autobiografia de Omar se encerra no final dos anos 1950, e, embora ele não seja uma pessoa pessimista, já se mostrava desiludido com as possibilidades de sua nova pátria. Ele diz algo significativo, quase de passagem, a respeito da sociedade que vê emergir, um caminho entre o comunismo e a democracia liberal, adotado pelo colega de escola de Omar e de meu pai, Zulfikar Bhutto: "Quero que o islã seja a estrela-guia, o condutor moral [...] a filosofia social, a mensagem dinâmica de dignidade e igualdade para todos".

Ler aquilo me chocou; quando penso no assunto, perco o rumo. Nunca imaginei um literato liberal descobrindo uma combinação de esperança social e justiça numa religião que, para mim, só representa a traição de nossos valores familiares. É inevitável o rompimento com a família, em locais e épocas diferentes. Mas para nós a divisão neste aspecto específico — islã — significa encarar mais perguntas do que respostas.

8.

O sol brilhava naquela manhã, e fomos ao sebo da Gloucester Road, que visitamos freqüentemente aos domingos. A casa está lotada de livros, um a mais não fará diferença. Monique, minha namorada, e nosso filho de cinco anos, Kier, esperaram na lanchonete vizinha, ele ficou rabiscando no caderno de desenho, numa banqueta alta. Depois fomos ao Hyde Park, Kier de bicicleta, para ver a estátua de Peter Pan. Ele trepou na estátua e se escondeu no mato. Eu comprei os *Selected poems* de William Carlos Williams.

Quando chego ao ponto de quase perder a paciência com meus alunos, escrevo poesia, e então deparo com a falta de jeito, a inadequação, a dor da incapacidade, pois sou incapaz de produzir um verso que soe poético para mim. Considero a poesia mais sensual que a prosa. Ela tira a história do caminho, assim como a laboriosa engrenagem do romance — trama, vários personagens, ambiente —, e deixa apenas o momento: só o local. Se consigo escrever uma história que se assemelha mais a um poema do que a um texto em prosa, fico encantado. Gosto do estilo coloquial de Williams e especialmente de Frank O'Hara — de sua capacidade de registrar o cotidiano, e concentrá-lo. O'Hara escrevia poemas no intervalo do almoço, no Museu de Arte Moderna. "Mães da América/ Deixem seus filhos ir ao cinema!/ Melhor que saiam de casa, assim não perceberão o que vocês planejam."*

Quando observamos uma obra de arte que não nos satisfaz, percebemos quanto somos exigentes, e que falta alguma coisa em nossa vida. Por sorte, alguns poemas nos fazem amar mais; e pode haver algo mais importante?

Começo a me dar conta de quanto estou apreensivo com relação a escrever este livro e os sentimentos que ele desperta e continua a despertar em relação a meu pai. Os versos de O'Hara sobre o prazer das mães na ausência dos filhos me fazem pensar, por razões que não compreendo, em como é óbvio que papai deveria ter casado com Muni, pelo menos por um tempo. Eles dois sabiam, e se recusavam a admitir, o quanto ela se interessava por ele, muito mais do que pelo irmão. Ela queria avaliar o quanto ele poderia ser persistente. Mas ele só era persistente em relação à escrita, fugindo de qualquer situação difícil por medo de não dar conta do recado.

E eu? Que tipo de comentário acabei de fazer? O que venho fazendo, revelando meu pai desse jeito, examinando, diagnosticando, trabalhando em cima dele, de modo que este livro parece uma mistura de fazer amor com autópsia? Devo confessar que não sei qual tipo de livro estou escrevendo enquanto puxo minhas palavras de dentro das dele, histórias tiradas de outras histórias. Parece um caldeirão ao qual acrescento quase tudo que me ocorre. De todo modo, por um mês não tive cora-

---

* Mothers of America/ Let your kids go to the movies!/ Get them out of the house so they won't know what you're up to.

gem de olhar para este material. Sinto culpa pelo que estou fazendo com a família. Com que direito ajo assim? A quem pertence meu pai, ou qualquer outra pessoa? Contudo, ainda sinto curiosidade por este método e quero prosséguir. Como a pura curiosidade poderia ser indelicada?

Tendo sobrevivido à imersão no corpo de meu pai, à volta ao passado familiar, passo metade do dia no porão, revirando as caixas mofadas que constituem meu "arquivo". Quero mais. Como santo Agostinho escreveu em uma de suas obras, "Ao escrever este livro aprendi muitas coisas que eu não sabia".

Entre os manuscritos, cartas e fotografias que recuperei, muitas úmidas e imprestáveis, descobri outro romance de meu pai, bem como uma peça teatral, *Vendeiro e filho*. Recordo-me do romance, *Um homem descartável*, folheei a obra no início dos anos 1980. Omar estava em Londres tomando apenas vodca com sorvete, uma combinação que recomendo. Deitado na cama com a barba por fazer, num quarto escuro em South Kensington, com manchas de sangue seco no rosto, ele ganhou um exemplar de papai. "É a respeito dele", Omar me disse depois, com certa tristeza. Omar nem sempre se mostrava tão contido. Por vezes, quando eu ouvia suas histórias — ele passou quatro meses de cama, eu era presença constante em sua cabeceira, pois desenvolvera essa disposição ao praticar muito com meu pai —, ele voltava a atenção para mim e dizia: "Como você foi virar um idiota tão presunçoso?". E eu respondia: "Deve ser de família". Resposta: "E, além de tudo, metido a engraçadinho".

Ao mesmo tempo, ele tentava me persuadir a escrever um roteiro de cinema com ele. Eu já estava começando a pensar em *Minha adorável lavanderia*, e registrei em meu diário: "Tive a idéia de escrever um roteiro para dois atores, paquistaneses ou indianos. Talvez haja um filho". Omar falava em escrever alguma coisa sobre os imigrantes, "tipo comédia, como Charlie

Chaplin". Embora eu apreciasse a idéia de criar personagens contemporâneos divertidos e conhecidos, não concordei; a idéia dele não servia para mim. Mesmo quando conversávamos, Omar mantinha seu estilo. Quando eu queria comer, ele mandava buscar a refeição de táxi num restaurante de Mayfair, e um garçom de turbante e uniforme com enfeites dourados a servia para mim. Numa dessas ocasiões papai e eu chegamos orgulhosos, com um exemplar do *Guardian* na qual eu era citado em reportagem sobre Rushdie, cuja família residia a poucas quadras de nós em Karachi. Minutos depois o filho de Omar mostrou um exemplar do *Guardian* do mesmo dia, no qual também era citado. Vendo o filho dele, tão parecido comigo, papai me lembrou daquilo em que eu era realmente único: "Nunca se esqueça da sorte de ter a mim como pai".

Meu pai trabalhou em *Um homem descartável* durante anos. Eu me lembro de ter dado conselhos a respeito, desajeitadamente, e de me sentir mal depois por ter sido duro com ele, que me culpava pela dificuldade em ver seu livro publicado. "Mas você conhece toda essa gente, *yaar*",* dizia. Ele nos punha no mesmo nível. Entre os escritores — quase irmãos — não havia nenhum mais talentoso que o outro.

Creio que o romance havia sido escrito antes de *Uma adolescência indiana*, era diferente em tom e estilo. Se eu o tivesse lido antes, duvido que insistisse neste projeto. *Uma adolescência indiana* foi escrito do ponto de vista de um filho em conflito com os pais, enquanto *Um homem descartável* é em parte sobre um pai em conflito com seus filhos. Enquanto *Uma adolescência indiana* é um livro para os outros — um livro que poderia ser cortado, mudado e publicado —, este mostra meu pai a expres-

---

* Em híndi, forma carinhosa de se dirigir a amigos, equivalente grosso modo a "companheiro". (N. E.)

sar seu desespero, sem qualquer referência externa. Trata-se de um livro descontrolado, escrito por alguém como protesto contra o fracasso e a "inutilidade" (familiares) para os quais não consegue encontrar uma razão ou fonte. Se o romance, com seus absurdos, disfarces e digressões maçantes, for lido como um sonho, é revelador.

Ambientado durante a "reorganização" de Thatcher no início dos anos 1980, quando o desemprego estava alto e a idéia em torno da qual se construíra a vida dos subúrbios, de que as pessoas teriam emprego para sempre, desmoronava, *Um homem descartável* retrata Yusef, um paquistanês de cinqüenta e cinco anos que desempenha atividade semelhante à de meu pai. Quando Yusef é demitido, sente que foi cruelmente usado. Embora meu pai não tenha sido demitido, como outros ao seu redor, esse teria sido com facilidade um desfecho por ele desejado.

As cenas com os "superiores" de Yusef, quando o funcionário implora para ser mantido — cenas passadas, pelo jeito, na sala que visitei com Nusrat —, são longas, repetitivas e sádicas. Na intimidação gratuita e nos infindáveis procedimentos administrativos, elas me fazem lembrar de *O processo*, bem como dos confrontos com o coronel Murad em *Uma adolescência indiana*. Papai deve ter sentido muito a pressão dos irmãos, enquanto a mãe rezava para Alá e o pai dançava com moças parses. Meu pai escreveu sobre o chefe: "Ele me esmagou feito um inseto desprezível. Roubou-me toda a dignidade humana. Deixou-me envergonhado de minha nudez. Eu rilhava os dentes e cerrava os punhos. Mas a raiva era temporária, a raiva de um homem impotente".

A ambigüidade de papai em relação à autoridade e aos tormentos dos irmãos não se concentrava exclusivamente em Omar. No final da vida, quando eu trabalhava no teatro, papai foi visitar Achoo sozinho, sabendo que se encontrariam pela última vez. Foi uma viagem e tanto para papai, um homem que odiava viajar. Como meu pai, Achoo estava doente havia anos; problemas no coração. Quando estava lá, meu pai telefonou perguntando se eu "precisava" dele em Londres. Ele se queixou de Achoo, que reclamava muito e o tratava mal, mas não conseguia um pretexto para ir embora, como se estivesse hipnotizado. Ele queria que eu o tirasse de lá.

Por insistência minha e de minha mãe, papai tentou arranjar outro emprego. Acreditávamos que a mudança fosse fazer bem a ele. Em *Um homem descartável* Yusef se candidata a um cargo burocrático na polícia. Ele é informado de que sua função consiste em contar multas de estacionamento proibido. Humilhado, recusando-se a fazer isso, Yusef torna-se a figura emblemática: o garçom. Um imigrante feito serviçal educado, uniformizado e servil, de camisa branca e gravata-borboleta, com um guardanapo no braço. E novamente ele é maltratado.

Mencionei Kafka antes, meio sem cabimento. O delírio masoquista e o desejo de humilhação estão mais para Dostoiévski, a quem meu pai apreciava bastante. Na primeira vez em que li *Uma adolescência indiana* intriguei-me com a "sombrinha amarela" da mãe, no fundo da sala onde se realizava o leilão. Isso fez com que eu me lembrasse de meu pai mencionar diversas vezes a sombrinha amarela da prostituta em *Crime e castigo*, como se em sua mente a prostituta e a mãe dele se tornassem a mesma pessoa. Mas ele era assombrado por *Os irmãos Karamazov*. Meu avô faleceu em meados dos anos 1960, num inverno rigoroso, na enfermaria de um hospital de Birmingham, onde trabalhava uma de suas filhas, casada com um médico. Meu pai, lembro-me, comentou o declínio daquela família à Dostoiévski, antes grandiosa, excêntrica e descomedida, agora dispersa, humilhada e dividida. Era essa a história que ele queria escrever, quando tivesse tempo, e creio que *Uma adolescência indiana* poderia ter sido a primeira parte.

Ler seu livro me faz pensar no significado de se sentir descartável, se sentir a mais. Tenho quase cinqüenta anos e penso com freqüência no que desejo fazer agora. Claro, as questões apresentadas pela segunda metade da vida não são as mesmas da primeira. A maior parte do trabalho já foi feita; as decisões principais, tomadas. A pessoa se sente saturada e desgastada, além de realizada em certos aspectos, e deseja novos projetos e prazeres. Ninguém deveria querer, aos cinqüenta, o mesmo que desejava aos trinta. O que a pessoa quer realmente fazer?

Pensar uma coisa dessas é um luxo. Em contraste com meu pai, considero quase impossível compreender como seria viver sem as idéias e esperanças que, creio, me darão prazer, que mantêm o futuro vivo para mim. Além disso, eu nunca soube como é nem tive motivo para temer a humilhação de ser incapaz de sustentar minha família, a exigência mais básica e poderosa feita a um pai.

Por toda a vida papai se preocupou com uma questão: como se encontra alguma coisa para fazer que contenha seu próprio significado, que tenha sentido próprio, e que não possa ser contestada como valor? Essa questão tornou-se também: como devo viver? Bem, meu pai concluiu que virar escritor seria a resposta para essas dúvidas. Expressar-se como artista era a coisa mais importante, que se justificava por si. Escritores não estão comprometidos com mais ninguém, são seus próprios patrões, e a dependência de meu pai — dos irmãos ou da mãe, por exemplo — o enfurecia.

A falta de integração pode ser considerada um fantasma específico do imigrante, mas meu pai sentia fascínio por outro tipo de integração, que poderíamos chamar de vocação. Nessa noção de meu pai, havia dois tipos de pessoas — as que sabiam o que queriam fazer e as outras, que não sabiam. Meu pai fazia parte do segundo grupo, mas desejava entrar para o primeiro.

Os dotados de vocação eram artistas, políticos, cientistas, médicos, pais dedicados, qualquer um com sorte suficiente para ser "convocado" a uma atividade que resultasse em realização. Quem tem algo definido para fazer todos os dias está curado do desarranjo interno.

Do ponto de vista de meu pai, a fidelidade absoluta a uma idéia era, paradoxalmente, mais libertadora que a ansiedade de quem se levantava pensando no que gostaria de fazer. Os pertencentes a este grupo, indecisos e trêmulos, sofriam de falta de sentido. Tornavam-se facilmente escravos dos que sabiam o que deviam fazer. Se meu pai se sentira "inútil" por muito tempo, a resposta para isso era criar um propósito, como se fosse um pai interno, para lhe dar ordens. Serviria como princípio organizador, um sistema de regras e tabus que fornecesse a estrutura necessária. Suponho que a vida possa ser impessoal numa família grande; os filhos talvez sintam que não há expectativas suficientes dos pais em relação a eles, pessoalmente. Podem facilmente ser perdidos, negligenciados, esquecidos.

No entanto, muitos dos escritores que eu admirava na juventude — Henry Miller, ou Kerouac, ou mesmo De Quincey, e heróis da música como Charlie Parker, ou esportistas como Geoge Best — representavam uma espécie de anarquia desejável. Eram artistas que levavam seu trabalho e seu prazer tão a sério que alguns foram mortos por isso. A questão era paradoxal para meu pai. Ele queria ser artista, e depois passou a querer isso para mim. Mas não queria nenhuma ocorrência descontrolada: palavras loucas numa sala, em vez de uma vida alucinada. A necessidade de livre expressão não complementava uma revolução, e sim a substituía.

Portanto, embora papai fosse o chefe da casa, onde erguera seu próprio império, havia outro chefe, acima de nós, que criava nossa existência. Era "o escritório", um lugar onde ninguém realmente queria estar. Quem iria lá, se não fosse pago? Trabalho — que Nietzsche considerava "o melhor policial, mantém todos nos limites" — era a fonte de renda de papai, mas sugava todo seu tempo e sua energia. Meu pai, como a maioria dos pais, estava sempre se preparando para o trabalho ou se recuperando do trabalho. Acho que eu nunca soube exatamente o que ele fazia no escritório, e essa ignorância dava a sua atividade um ar de misteriosa importância. Os detalhes cotidianos, o tédio e a futilidade, assim como o contato importante com outros paquistaneses ("Eu não queria trabalhar com estrangeiros"), eram para mim incógnitas.

O que acontecia no escritório, fosse o que fosse, era mais importante do que ter e criar os filhos, fazer sexo e ver televisão, como me faziam acreditar. Era o sistema de autoridade que determinava o estado de espírito de meu pai, o estado de espírito no qual vivíamos, e que, como fizera o coronel Murad, mantinha meu pai na condição humilhante contra a qual ele lutou a vida inteira.

Se a escrita pode ser um registro de desejos e compensações, então o personagem de Yusef, em *Um homem descartável*, tendo desistido de ser garçom, torna-se, depressa demais para ser plausível, um comerciante bem-sucedido, dono de uma loja que vende comida, jornais, cigarro etc., cumprindo assim o sonho tradicional do imigrante. Ele diz "Meu novo Mercedes acabou de chegar". Yusef usa sapato de "couro italiano de crocodilo". Papai não fornece os detalhes da ascensão de Yusef, ela acontece num passe de mágica. Mesmo assim, seu relato imaginário reflete uma realidade social. Para mim foi bizarro, quando do finalmente visitei o Paquistão, não encontrar a "espiritualidade oriental" com que sonhava, descobrindo que minha família era obcecada por carros, vídeos e equipamentos de som; não eram muito diferentes de todos nós.

A Índia fora competitiva demais para meu pai, e ele sofreu constantes humilhações. Não admirava Thatcher, como outros direitistas que fetichizavam a competitividade. Não resta dúvida de que a competitividade, que exige um aspecto agressivo, até brutal, dá a impressão de ser uma qualidade peculiar, preferível à maioria das outras. Tem seus atrativos, especialmente para esportistas e sedutores, mas não serve para professores, enfermeiras, motoristas de ônibus, por exemplo, para os quais uma disputa darwiniana é menos relevante. Thatcher parecia pensar que competitividade e inteligência estavam relacionadas, mas por que deveriam?

De todo modo, esforço no trabalho e competitividade costumam andar juntos, e escrevi minha versão da história do imigrante empresário de sucesso, mas há relatos anteriores. Um escritor que me faz lembrar às vezes de Patrick Hamilton, Alexander Baron, tem uma cena em *The lowlife*, escrita no início dos anos 1960, apresentando pela primeira vez na ficção inglesa, até onde sei, os paquistaneses do East End. O protagonista, um jogador judeu e intelectual masoquista que foi instigado "por uma vadia" a investir no mercado imobiliário, sai à procura de uma casa. O dono tem uma loja.

> Uma família paquistanesa vivia lá dentro. A julgar pelo que pude ouvir, havia também um monte de paquistaneses nos quartos do andar de cima. Atrás do balcão um indiano minúsculo exibia um terno azul-claro.

Dentro da loja o herói joga com o paquistanês e, claro, perde a casa e também o dinheiro.

Como meu pai bem sabia, os ingleses colonialistas eram um problema na Índia, e os ingleses da Inglaterra, outro bem diferente, um problema imprevisto, do ponto de visa do imigrante. J. G. Farrell escreveu: "A perda do império britânico foi a única coisa interessante que ocorreu durante minha vida adulta". Colin MacInnes, em sua coletânea *England, half English*, com um desenho de Peter Blake na capa, chamou os anos 1950 de "a década estonteante", por causa do que descreve como "seu declínio imperial abrupto". Ao discutir o pioneiro *A taste of honey*, de Shelagh Delaney, MacInnes disse: "O que aprendemos em outros lugares sobre mães adolescentes de classe operária, prostitutas semiprofissionais de meia-idade, os autênticos tormentos do amor homossexual, e a nova raça de meninos de cor nascidos na Inglaterra? Ou, considerando outros temas contemporâneos, quais são as informações reveladoras de que dispomos a respeito de milhões de adolescentes, a respeito dos teddy boys ou da múltiplas minorias da Commonwealth em nosso meio — os cipriotas, os malteses, os milhares de paquistaneses [...] ou a vasta cultura pop?".

Era uma pista do que vinha pela frente. Depois da proletarização da cultura no pós-guerra — cinema francês e italiano, Brecht, o teatro Royal Court, e seu ápice no Pop — veio a introdução dos negros e asiáticos na cena. Enquanto isso, os britânicos se deram conta de que haviam perdido seu lugar central no mundo, e de que essa ferida os tornava perigosos, suscetíveis ao desespero e ao ódio. Como Alexander Baron sugere, desorientados e incertos nas ruínas do Império, os governantes depostos sentiram que poderiam ser privados do que restava, talvez pelos povos que eles antes dominavam.

"Os britânicos estavam casados com a Índia", escreveu Enoch Powell, filho único de professores primários de Birmingham. Seus pais detinham autoridade, mas não faziam parte da classe dominante. Ele próprio dava duro, era frustado e favorável à autoridade, enquanto esta lhe fosse favorável. Era um imperialista de velha cepa no momento errado. Como Omar descreve, a exemplo de muitos ocidentais nas colônias, Powell se sentia poderoso e livre na Índia. Aprendeu urdu, teve dois relacionamentos intensos, homo-eróticos, e se impregnou da Índia "feito uma esponja". "Eu me sinto apaixonado pela Índia. Se eu tivesse ido para lá cem anos antes, teria deixado meus ossos por lá." Há muito disso em Forster, claro, e em Ackerley, que não seria o primeiro a renovar a arte e a vida pelo contato com o "primitivo" que a sofisticação impedia de acontecer em casa. Mas há ironia e conhecimento em sua obra, a comédia do caráter humano em sua plenitude.

Em meados dos anos 1960, quando ficou claro que essas "ocupações" não poderiam ser mantidas como antes, e a Grã-Bretanha se encontrava no meio de um tipo diferente de reinvenção, conhecido como Anos 60, Powell disse: "É como observar uma nação dedicada a erguer sua própria pira funerária". E escreveu: "Logo o negro terá ascendência sobre o branco". Ele também falou que os ingleses começavam a sentir que formavam uma "minoria perseguida". Haveria "dominação" sobre o resto da população.

Enquanto Powell afirma ter medo dos imigrantes, no livro de papai, *Um homem descartável*, tampouco falta medo. Sempre que Yusef sai de casa, teme ser ofendido ou espancado. A paranóia não parece exagerada. Afinal de contas, a parte de Kent onde reside foi palco da Batalha da Grã-Bretanha, e a criançada brincava nos numerosos terrenos bombardeados. No quintal de nossa casa havia um abrigo antibombas cheio de vidros de geléia, que se tornou meu esconderijo. Em todos os lugares encontrávamos veteranos nos bares; todas as famílias tinham suas lembranças das duas guerras. Não que a guerra fosse muito discutida na escola, a não ser em termos exageradamente patrióticos. Se tudo era culpa de Hitler, e isso fora resolvido pelo herói Churchill, o que mais se poderia dizer?

O fato de que o Império e a civilização européia haviam desmoronado e regredido anos no rumo da barbárie e da violência extrema colocava uma questão inevitável: de onde vem isso? Por que milhões de pessoas comuns — o tipo que morava em nossa rua e até nós mesmos — cometeram o pior dos crimes imagináveis? A questão seguinte seria: quando recomeçaria? O fato de que uma raça tentara eliminar outra, literal e fisicamente, era uma verdade chocante, quase inacreditável em termos de tudo que acreditávamos a nosso respeito: que atingíramos um certo nível de civilização e controle, que "nós" britânicos éramos superiores, por exemplo, aos "nativos" da Índia, uma posição preferível aos terrores da igualdade.

Ninguém poderia descobrir a solução para esses problemas, pois as perguntas não eram feitas. Na escola percebíamos quando o tema de uma discussão era "quente" ou quando o aprendizado servia como soporífero. Conhecíamos a palavra "irrelevante" e a usávamos o tempo inteiro.

E assim, com o Holocausto como uma lembrança viva — o homem que cortava meu cabelo certa vez me mostrou o número tatuado em seu braço —, uma nova forma de racismo emergiu, desta vez dirigida contra os membros do antigo império, como se as pessoas não pudessem viver sem o racismo, como se precisassem manifestar assim seu ódio. É importante não esquecer a atmosfera política e racial do final dos anos 1970 e do começo dos 1980. Havia o racismo informal das pichações e o desprezo cotidiano; a National Front atuava intensamente, em particular no East End e no sul de Londres. Em 1967, a National Front apoiou Powell: "O que o senhor Powell afirma combina em tudo com nossa visão".

Segundo o historiador Peter Fryer, entre 1976 e 1981 trinta e um negros foram assassinados por racistas. Houve manifestações violentas em Lewisham, a poucos quilômetros de onde vivíamos, e depois em Southall, onde o manifestante Blair Peach foi assassinado. Entre os mais importantes opositores a isso estava o Rock against Racism — os jovens liberais revoltados que o islã só poderia rejeitar.

Eu era muito amigo de um garoto sikh local, e nós dois tínhamos namoradas inglesas. Os pais dele trabalhavam fora, e passávamos as tardes em sua casa, ouvindo Screaming Lord Sutch e Deep Purple, fazendo sexo com as namoradas e coçando o saco. Ele tinha carro, mas mantínhamos o máximo possível de distância das ruas, por causa do perigo. Certa vez fomos perseguidos pelos arruaceiros do bairro, mas escapamos por conhecer a região. No dia seguinte eu soube que um menino asiático fora confundido comigo, os rapazes o apanharam e o espancaram com tanta violência que ele acabou no hospital.

Meu pai fora intimidado e sofrera com o racismo na Índia e na Inglaterra. Mas isso não fez dele uma vítima, em sua concepção. Ele trabalhava com paquistaneses e não enfrentava o racismo humilhante e persistente que alguns de nós conhecem na escola e nas ruas, do tipo que nos leva a perder a fé na racionalidade e na justiça do sistema político britânico, que por um lado precisava de imigrantes, e por outro colaborava em sua perseguição. Tudo indicava, na época, que jamais superaríamos aquela desilusão. Creio que essa impressão se devia em parte ao fato de que meus primos e eu sofremos o racismo quando éramos jovens. Passamos portanto a acreditar que a exclusão e a injúria eram nosso destino permanente; nada mudaria e ninguém abriria espaço para nós.

A caminho da rotisseria indiana local de que mais gosto no momento, paro no pequeno parque do final da rua para conversar com Abdullah, que bebe cerveja sentado debaixo de uma árvore. Como muçulmano praticante ele sente culpa por isso, e às vezes esconde a garrafa de cerveja na manga, o que dá a impressão de que ele quebrou o braço. Se a família souber que ele bebe, será expulso para sempre. Ele gosta de falar de política, é da Somália, e de noite seu apartamento se enche de somalis e outros muçulmanos africanos — sudaneses, etíopes —, que tiram o sapato e sentam no chão quando terminam o turno na garagem de ônibus do bairro. Ele pega doze emissoras árabes na televisão. Há um tapete de oração ao lado da cama; ele me mostra o Corão e seu cartão de membro do Partido Trabalhista, mas desde que "os trabalhistas começaram a bombardear os muçulmanos" ele decidiu abandonar o partido.

Na rotisseria converso com o gerente, de Bengala, enquanto espero a comida. O gerente fala no "homem branco"; Abdullah falava havia pouco nos "brancos", e eu percebo que eles sabem que vivem num colonialismo reconstituído; não se trata apenas de racismo, mas do fato de pessoas como eles viverem num mundo dominado pelo poder político, social e cultural dos brancos. Os dois homens desconfiam dos brancos, a quem ambos odeiam e são obrigados a suportar, sempre conscientes da astúcia e da hipocrisia dos brancos. Segundo sua visão, o homem branco é dono de tudo e não abrirá mão de nada espontaneamente; e não é só isso, consideram tudo que os brancos têm como melhor do que as coisas que os outros têm. Assim como em O homem invisível, de Ellison, os não-brancos parecem existir, ou só podem existir, nas brechas do mundo branco.

Meu avô, Omar, meu pai e outros consideravam essa polarização inevitável, tanto como atitude política quanto como atitude psicológica. Viviam num país onde a elite branca governava uma massa não-branca, mesmo no período da chamada descolonização. Apesar de tudo, isso continua ocorrendo hoje; apesar do racismo, da pobreza e da desigualdade óbvios dos Estados

Unidos, por exemplo, o branco sabe mais e seus valores são sempre melhores. Tudo mais, no resto do mundo, está atrasado, é "retrógrado" ou "subdesenvolvido". Talvez esse não seja sempre o caso em termos de cultura, onde o oposto por vezes se aplica: não-brancos estão por cima, eles têm a energia dos marginalizados. Mas permitir que não-brancos cantem e dancem não é o mesmo que abrir mão de poder político. O homem branco manda e acredita que mandará para sempre, ao mesmo tempo que fica cada vez mais paranóico, como Enoch Powell.

Antes do islamismo radical, uma solução para a questão colonial — como viver numa sociedade sendo não-branco — era se tornar poderoso, em oposição a "vítima". O personagem interpretado por Saeed Jaffrey em *Minha adorável lavanderia* segue essa linha, sem parodiar os brancos, mas tornando-se um empresário dedicado aos negócios como eles, um produto ganancioso da era Thatcher que preferia dinheiro a pessoas e controlava os meios de produção. Não que isso sempre funcione.

Em *Um homem descartável*, como resultado de sua transformação de humilde trabalhador em rico empresário, Yusef é chamado com certa condescendência de "vendeiro" pelo filho esquerdista e alternativo. Na linguagem da época, ele é condenado por seu "materialismo". Por sua vez, o pai acredita que o filho se tornou "inglês demais" — como se ele pudesse ser outra coisa, tendo nascido e crescido na Inglaterra.

A certa altura, Yusef diz ao filho: "Você era fã entusiasmado de críquete. Não se interessa mais?". O rapaz retruca: "Não, cara. É um pé no saco". O pai pensa: "Eu errei, não só em sua educação quando criança, mas em sua formação como paquistanês". Contudo, meu pai sempre se recusou a falar urdu conosco, e quando tentávamos falar com ele, zombava de nosso sotaque. Ele não nos ensinava nada sobre o islã, que passou a considerar uma superstição inútil. Certa vez, dei-lhe um salgadinho Smoky Bacon. Ele comeu, e quando informei o que era, dizendo que o porco entrara em seu corpo, ele correu para o banheiro e lavou a boca com sabão, saindo cheio de espuma. Mas nem isso o tornou mais loquaz.

Salma, mulher de Yusef — eu diria que ela era uma mistura de Bibi e minha mãe —, é muito religiosa. Quase sempre considera o marido vulgar e repugnante, não sem razão, a julgar pelo modo como meu pai o apresenta. Ela alega que ele usa "a fala do demônio". Se Yusef for um auto-retrato, é de alguém cruel e insensível, um sujeito que se atormenta. Os ataques de meu pai contra si, e, portanto, seu lado muçulmano, em parte encontram expressão em Salma. Quando aparece, Salma é cheia de vida, impõe sua presença, atormentando e provocando o marido; esse é seu papel no esquema do livro. E os demais personagens funcionam de modo semelhante em relação a Yusef.

Tendo me relacionado regularmente com mulheres, fico intrigado com o que esses amores significam para meu pai. Contudo, na verdade só há uma voz em *Um homem descartável*, e no final não sabemos muito a respeito de Salma, assim como não sabemos muito das mulheres no livro que estou escrevendo. O "estranhamento" de Salma na Inglaterra não é explorado, embora a imigração seja freqüentemente um fator de isolamento maior para as mulheres do que para os homens. Não surpreende que as questões relativas à imigração e aos imigrantes inevitavelmente conduzam a perguntas do tipo quem somos e quem queremos ser — as mais profundas.

Durante diversas conversas longas com o marido, vemos que Salma quer "salvá-lo" de suas paixões, trazendo-o de volta ao islã. Mas, tendo sido muçulmana devota a vida inteira, e vendo que sua devoção não era recompensada, no final do livro ela começa a perder a fé, algo que meu pai deve ter desejado que acontecesse com a mãe dele, para abrir espaço a outras coisas — ele, por exemplo. Para Salma, a ansiedade em relação à fé também pode ser uma preocupação com o "certo e errado" que o diplomata amigo de meu primo queria; uma preocupação com a idéia de que, se você se comportar direito, for obediente, se sentirá realizado. Contudo, meu pai, como escritor, consegue ver que apenas quando as pessoas se dão conta de que seguir as regras morais não basta é que suas vidas começam a se tornar mais interessantes, ou mesmo perigosas, para elas. Isso acontece com Yusef, e é intenso, embora doloroso.

O protagonista, mais uma vez, se deita com uma "vadia" — conhece a mulher numa festa em casa de amigos. A vulgaridade dela o excita demais. "O pecado é lindo", ela declara. Nos dois romances de meu pai, o melhor sexo é casual ou comprado; sempre o diminui, social ou emocionalmente.

Meu pai descreve seu encontro com a mulher: "Passei momentos maravilhosos. Soltei as algemas que a sociedade paquistanesa impôs a mim. Senti-me liberado. Estava de volta, pulsando de tanta vida". Mas sua sexualidade não poderia permanecer impune; seu objetivo é atacar a família. Pois o prazer sexual de meu pai e a família são incompatíveis. Na família, boa ao menos para criar filhos, o sexo acaba. Se o preço de seu prazer é alto demais, o que ele fará? O que ocorrerá com aquele desejo?

No dia seguinte, atormentado por uma cruel ressaca, Yusef recebe a visita do *mulvi* local, que lhe diz: "Você se divertiu com bebida e mulheres. Eu soube que também passou a negligenciar sua família". Depois o *mulvi* ataca os infiéis com uma confiança dantesca que poucos padres ou vigários ocidentais exibiriam. Ele evoca os "fogo abrasador" do inferno, onde os pecadores "uivarão de medonha dor", acrescentando que Alá construiu a Europa "com tanto sexo e bebida fáceis, para testar a vontade dos muçulmanos, para ver se continuam firmes em suas crenças, ou se sucumbem às tentações".

Meu pai era estrangeiro na Grã-Bretanha, e esse livro retrata o quanto ele se sentia estrangeiro para si mesmo. Incapaz de compreender o que ocorre em sua mente caótica, ele esbarra no delírio. O *mulvi* tenta uma "cura" pela reintegração ao mundo anterior, ao torná-lo membro da comunidade novamente, como se o problema de Yusef fosse ele ser individualista, concentrado apenas em si mesmo. Retornar ao grupo, à comunidade e à família significa esquecer partes difíceis de sua personalidade. É um tipo de remédio, aparentemente.

Mas isso não funciona. Eu vejo da seguinte forma. O *mulvi* não consegue traduzir o sofrimento de Yusef em termos que possam ajudá-lo, que iluminem sua condição. Usando a linguagem da religião, o *mulvi* só pode lhe dizer como se comportar no futuro, sem lhe fornecer nenhum esclarecimento sobre seu presente estado mental, sua origem, procedência e natureza. Se a desobediência e portanto o distanciamento for a desdita de Yusef, o *mulvi* só pode ameaçá-lo e puni-lo, como o coronel Murad, de modo que Yusef sinta culpa, angústia e raiva.

Yusef não pode ir para casa — onde seria? — e não consegue encontrar uma situação econômica e emocional satisfatória na Inglaterra. Não lhe oferecem nada entre o materialismo e a religiosidade. Nada como cultura, por exemplo, ou ambição, ou escrita. Meu pai mal se dá ao trabalho de esmiuçar a história de Yusef; precisa registrar alguma coisa mais urgente, sobre o sentimento de descarte, ou "inutilidade". É tão perturbador quanto testemunhar o colapso nervoso de um pai.

À medida que o livro avança, os próprios membros da família de Yusef passam a parecer estranhos para ele. Relendo o romance, eu me dou conta de que também sou personagem da história, o filho. Lá estou, de acordo com meu pai, ou melhor,

Yusef: "Vi com repulsa seu rosto hirsuto, o suéter preto ensebado como a calça jeans e a camiseta branca amarrotada". O filho que ele criou é um "vagabundo cockney moreno".

É desconcertante você se ver num livro alheio, e não sou uma visão agradável, cheio de correntes e broches da CND.* O filho aparece freqüentemente, em cenas assim: "Ele passou os dedos no cabelo preto comprido, que estava preso atrás com uma fita rosa". Sem dúvida meu pai e eu tínhamos muitos conflitos na época. É esclarecedor, para dizer o mínimo, conhecer seu ponto de vista. Ele odiava meu cabelo, minha independência, minhas agressões a ele, assim como eu desprezava seus conselhos e seu desejo de me humilhar. Era difícil discordar de um homem como meu pai; a divergência era catastrófica, como se você o desamparasse ao manifestar opinião diversa. Por vezes eu ficava sem palavras de tanta revolta, e me controlava para não gritar com ele, temendo o dano que minhas palavras pudessem causar. Aprendi a controlar minha fúria, deixando-a para as páginas dos livros. Eu era frio, mas o texto saía quente. No final acabei calando a boca de vez, direcionei minha energia para a escrita, arruinando minha vida social.

Mas não inteiramente, de acordo com papai. Há um momento delicioso em *Um homem descartável*, no qual meu pai entra no quarto do filho e encontra uma moça inglesa nua deitada na cama, "lendo *Private Eye*".** Nesse cenário meu pai é uma espécie de detetive particular, claro. Gosto de imaginá-lo ouvindo do outro lado da porta do meu quarto, entrando nele

---

* Campaign for Nuclear Disarmament — Lançada na Inglaterra em 1958, a campanha usou pela primeira vez o "símbolo da paz" do designer Gerald Holtom, em protesto na Páscoa de 1958. O símbolo seria associado posteriormente ao movimento hippie e ao pacifismo em geral. (N. T.)
** Revista humorística inglesa. A expressão significa também detetive particular. (N. T.)

quando eu estava fora de casa, abrindo gavetas, lendo recados e diários, fuçando em tudo, do jeito que eu fazia no quarto dos meus pais. O rapaz alega, com certa plausibilidade, estar "desenhando" a moça. O pai, sem demonstrar contrariedade, culpa "a Inglaterra". Fico muito surpreso com a fantasia de meu pai a respeito dos episódios em meu quarto, pois em meu diário da época, aos vinte anos, escrevi: "Não consegui fazer amor com J ontem, sabendo que meu pai estava no andar de baixo. De todo modo, minha potência está acabando".

Não que faltassem a meu pai motivos para culpar a Inglaterra. Havia naquele tempo o feminismo e a confusão entre os sexos, deixando a cada um o problema de decidir quem era. A moça em questão, imaginada nua por meu pai, residira comigo em Morecambe. Certa vez, quando retornamos a Londres, ela apareceu para almoçar, e estávamos sentados na sala quando meu pai entrou. Ele apanhou uma coletânea de peças de Tchecov na estante e começou a falar. "Tchecov teve um pai terrível e muitos parentes e filhos gananciosos, um bando de sanguessugas, em resumo... Mas ele conseguiu se libertar, sendo escritor... Trata-se de uma literatura belíssima." Meu pai, ao se afirmar, deixou claro que nenhuma mulher poderia se colocar entre ele e o filho. Eu não tardaria a ir embora dali.

Aquela moça virou lésbica e cortou o cabelo bem curto, foi varredora de rua em Brixton e professora de meninas num país muçulmano. Minha namorada seguinte iria para Greenham Common; envolveu-se na greve dos mineiros e na luta pelos direitos das mulheres; mais tarde, entrou para a política local. Embora os homens antipatizassem com o que chamavam de "estridência" das mulheres naqueles anos, e às vezes com o modo como eram retratados, eles também invejavam a intensidade do aprendizado das mulheres, suas conversas, descobertas e idéias políticas. Elas estavam no centro da revolução que todos queríamos, aquela que já havíamos perdido uma vez, em 1968.

No início dos anos 1980, a moça de Greenham Common e outras de nossas amigas tentaram levar o moribundo Partido Trabalhista para a esquerda, o máximo que poderia ir, principalmente quando o centro fora ocupado pelo recém-formado Partido Socialdemocrata. Enfrentamos reuniões entediantes em salões escuros, nos conjuntos habitacionais, e os rapazes da vizinhança atiravam pedras no prédio enquanto votávamos moções e abaixo-assinados. Éramos jovens universitários radicais — gays, negros, mulheres — e nos tornaríamos advogados, assistentes sociais, ascenderíamos a posições de poder e tomaríamos conta do partido, o que não era difícil. No partido dos trabalhadores, a classe operária foi substituída pela classe média, e os velhos pelos jovens.

Portanto, papai, não era só uma questão de broches e cabelos longos. Para mim, a política pragmática de esquerda significava lutar contra um dilema insuperável: como conciliar o desejo por igualdade com o custo de impor esse desejo à força? Estava claro, também, que qualquer forma de atividade criativa, e até ter mente aberta, era incompatível com a política convencional. Eu não tinha vocação natural para pai ou líder; preferia ser o filho rebelde. Via também o quanto a conversa socialista de camaradagem e irmandade era absurda. Sem dúvida, não havia rivalidade mais venenosa do que a existente entre irmãos, mesmo que fossem apenas pseudo-irmãos, como num partido político. Ademais, sendo primogênito, eu queria ser adorado por meus pais, mais amado do que minha irmã; como asiático que sofria discriminação, eu acreditava em igualdade. Para mim, o único lugar onde essas dúvidas podiam coexistir era a ficção.

Minha mãe pertencia a uma geração diferente das mulheres que eu conhecia e que lutavam pela liberdade. Contudo, ela tivera outros namorados e vivera em outros lugares. Restava um fiapo disso no presente, mas sua voz praticamente se calara no turbilhão da vida familiar. Minha mãe não gostava da vida doméstica, mas não fora capaz de encontrar outro rumo para seu desejo, como adultério ou trabalho. Meu pai sabia o quanto gostava das mulheres, e isso não facilitava as coisas para elas. Fora atormentado pelos irmãos, e não queria que as irmãs fizessem o mesmo com ele.

Os dois romances de meu pai incluem relações sexuais que tiveram um impacto considerável na vida dos protagonistas, embora tenha sido um sexo deslocado: o sexo nos romances nunca é com a mulher em quem ele realmente pensa. Ele usa o sexo para se afastar dessa lembrança, quase como uma droga. Papai evitava ao máximo discutir sexo comigo. Se, geralmente para provocá-lo, eu sugeria que tivéssemos uma "conversinha sobre certos fatos da vida", ele escapava, ordenando que eu fosse fazer minha lição de casa. Normalmente, ele nunca agia assim; nem sei se ele sabia se eu tinha deveres de casa. Claro, nenhum pai, quer fale de cegonha ou pênis e vagina, pode explicar a realidade crua do desejo sexual a uma criança; o impulso erótico sempre fica de fora, e o principal se perde.

Outra época: eu era adolescente quando a irmã mais velha de um colega tentou me seduzir. Eu ia à casa deles nas férias. Enquanto os pais estavam fora, trabalhando, nós devíamos ouvir a emissora de música clássica, a Rádio Três, o dia inteiro. Para escapar dessa tortura, fomos para o quintal, e a garota me convidou para entrar com ela numa cabana, dizendo que eu poderia fazer o que quisesse com ela. Fiquei tão excitado que recusei. Talvez tenha sido meu primeiro encontro com o desejo feminino. Aterrorizado e fascinado, naquela noite relatei o episódio a meus pais. Minha mãe foi solidária, mas meu pai inclinou a cabeça para trás e riu, revelando seu deleite por eu não ter feito nada.

Papai gostava que minhas namoradas o escutassem, em vez de ficarem comigo. Ele as obrigava a sentar na sala e fazia perguntas a respeito de suas vidas, sugerindo soluções para seus dilemas. Contudo, considerava as moças brancas meio vadias, embora tivesse se casado com uma. Mais tarde, confessou não gostar que minhas namoradas passassem a noite em casa, pois os vizinhos poderiam pensar que ele estava transando com elas. Meu pai se opunha ao conservadorismo muçulmano, mas não deixava que minha irmã parecesse uma mulher "ordinária".

Como o imigrante vive num mundo em larga medida incompreensível, ele pode tentar petrificá-lo, controlando os filhos, e principalmente sua sexualidade. Pode um pai escolher os parceiros para os filhos, e, se puder, quais são as conseqüências? Há algo nessa linha em *O buda do subúrbio*, em que parte da trama inclui uma narrativa sobre a qual meu pai e eu conversamos; juntos e separadamente trabalhamos em vários versões — a história de Jamila, cujo pai entra em greve de fome para obrigá-la a se casar. Mesmo que aceite, como no caso de Jamila, o filho inevitavelmente se torna alguém a quem o pai não consegue mais reconhecer, alguém que jamais poderá ser exatamente como ele, pois nasceu mais tarde e em outro lugar. Depois o filho vai embora, como a moça no final de *O buda*, e o rapaz no final de *Um homem descartável*. Essas separações são insuportáveis para o pai, pois ele acredita tê-las causado. Com certeza, não pode controlá-las. Só depois de ter filhos eu pude entender o quanto os pais podem odiar ou sofrer com o crescimento e posterior abandono do lar por parte dos filhos. As alegrias específicas do relacionamento entre adulto e criança desaparecem para sempre, e um novo tipo de relacionamento precisa ocupar seu lugar, muito diferente e mais difícil.

A peça *O vendeiro e seu filho*, que papai deve ter escrito mais ou menos na época de *Um homem descartável*, apresenta a mesma trama, basicamente, com uma mudança substancial. O pai é dissoluto, o filho, inconstante e "drogado". Meu pai condenava a auto-satisfação, ou, de outro ponto de vista, o prazer. Admirava o autocontrole, e para isso usava técnicas de concentração da ioga; ia para o trabalho regularmente, por pior que estivesse o tempo, dentro ou fora de casa. Ele também gostava de controlar os outros, entupindo todos com suas vontades e instruções. A anarquia fica para a obra, onde os artistas freqüentemente preferem mantê-la, enquanto levam vidas burguesas. Em *O vendeiro e seu filho* o filho furta o pai, roubando dinheiro da loja, e o pai o surra por isso. O filho abandona a família, deixando todos desolados. Sem o rapaz, não há mais razão para nada.

Um homem descartável foi reescrito em meados dos anos 1980, creio, quando Thatcher acreditava que poder aquisitivo e materialismo dariam conta das necessidades das pessoas. Parece que meu pai ironiza o imigrante no romance, até certo ponto. Yusef foi bem-sucedido na Inglaterra, mas perdeu a esposa para a religião e os filhos para o novo país, para a cultura da qual ele queria e não queria participar. O pai imigrante se assusta com a influência que o ambiente, a Inglaterra, exerce sobre os filhos que ele e a mulher tiveram. Depois ele enriquece para evitar a posição destinada ao imigrante no seio da comunidade que o recebe: ser detestado por diferenças, desamparo e dependência. Ele evita esse destino, escapa do desprezo, mas acaba perdendo o amor-próprio.

Devo confessar que, no final, tendo lido o livro duas vezes, fiquei furioso com meu pai e não queria ver o romance nunca mais. As discussões entre Yusef e Salma, sobre o islã, às quais papai retorna no encerramento do livro, parecem intermináveis e não levam a lugar nenhum. O fato óbvio de que Salma e Yusef continuarão a atormentar um ao outro pela eternidade afora, a inutilidade da religião para lidar com conflitos internos e a incapacidade de meu pai para ir além disso me deram nos nervos. E me surpreenderam. Afinal de contas, o relato da função do islã no Ocidente foi escrito antes da *fatwah* contra Rushdie, e antes de que o islã, como força política, se tornasse parte da consciência ocidental.

Nem meu pai nem meu tio, nem qualquer de seus irmãos, pelo que sei, era religioso, e mesmo assim esse livro está lotado de culpa e medo religiosos, bem como do terror pelo prazer e pela falta de controle. A condenação do álcool ou de qualquer vida física — inclusive o desprezo do protagonista pela única mulher do livro que quer agradá-lo — logo se torna algo penoso de ler. A culpa em relação ao dinheiro que ganha logo atormenta Yusef. O que Yusef e a esposa querem, como meu pai, é ser bons filhos e parecer inocentes. Mas, quando a inocência não dá lucro nenhum, eles não entendem por que Alá os deixou na mão. Pelo menos meu pai viu, por causa da mãe, que a devoção religiosa excessiva é uma espécie de narcisismo, uma barreira entre a pessoa e o mundo, um modo conveniente de negligenciar o indivíduo, substituindo-o por Deus.

9.

Uma adolescência indiana e *Um homem descartável*, escritos pela mesma pessoa em épocas diferentes, apresentam versões bem distintas da família. Sempre senti, na literatura — e depois em filmes como *Fanny e Alexander*, de Bergman —, que a família burguesa ampliada, indiana ou não, era o caminho. Serviçais descontentes, filhos numerosos, terra e propriedade, progenitores em conflito, pai autoritário, regras religiosas, irmãos assassinos, adultérios, traições e omissão eram abrangidos pelo ideal do fim do século XIX. O que vivemos no subúrbio, com seu toque de futilidade e perda, não passava de uma versão profundamente resumida da família original, pois o conceito de família mudou com o passar das gerações, desembocando hoje nos pais solteiros, nos idosos que passaram a viver sozinhos, em "lares" que não são lares coisa nenhuma. A versão suburbana, claro, era financeira e emocionalmente mais aceitável para um pai que morava em outro país.

Contudo, não bastava. Meu pai parece querer, na cena da "vadia" de seu livro, abordar a relação entre a família e o prazer sexual dos indivíduo que a compõem. Yusef quer formas de prazer que o libertem das algemas da tradição e da realidade cotidiana e punitiva da vida familiar e profissional. Mas o sistema familiar é fixo, não pode ser modificado, e quem o ataca é que passa a ser moralmente condenável.

Um dos choques que experimentei anos depois, ao me separar da mãe dos gêmeos, se deveu ao fato de que eu acreditava que levaria uma vida como a de meus pais. Pouca coisa mudaria, pois qualquer ruptura seria insuportável, de tão dolorosamente destrutiva. Qualquer que tenha sido minha experiência até aquele momento, eu via o casamento permanente como meu destino final. Eu ia reproduzir a vida de meu pai: embora às vezes profunda em termos de sentimento — lembro-me de meu pai estar tão frustrado que barbeou uma verruga até arrancar sangue —, sua estrutura nunca se altera. Exceto pelos filhos que saem de casa, não há revolta. Mas o ideal suburbano só funciona se ninguém exigir demais, ou se os desejos forem apenas materiais. No momento em que alguém deseja algo novo, ou outra pessoa, o conjunto se torna um problema e o preço da satisfação costuma ser alto, em termos emocionais.

A tranqüilidade suburbana se mantém pela exclusão dos dissidentes, portanto a casa tornou-se um refúgio. Em Karachi, porém, os Kureishi iniciaram as Noites de Sexta, que parecem similares às "reuniões" que eu freqüentava no início dos anos 1980, uma mistura de seminário político e festa com bebidas. Nos anos 1950 compareciam jornalistas e empresários ingleses e norte-americanos, bem como atores, atrizes e celebridades como Arnold Toynbee, John Arlott e Zulfikar Bhutto. O terceiro volume da autobiografia de Omar é em parte um hino à amizade masculina, uma homenagem aos homens com quem ele manteve boas relações durante a maior parte da vida.

Em nossa versão suburbana os números eram mais modestos. Pouca gente vinha à nossa casa. Meu pai conhecia bem seus colegas de trabalho, na maioria imigrantes recentes. Ele me contava a história deles. Minha mãe tinha a família e alguns amigos. Era como se a casa tivesse sido transformada numa muralha, hostil a pessoas de fora. Papai sempre falava sobre "gente irrelevante", com quem se perdia tempo. E para que servia o tempo, afinal? Quando comecei a escrever *O buda do subúrbio*, muito tempo depois, logo percebi que não poderia ser uma simples autobiografia. Eu precisava abrir a família à influência e à mudança para obter uma história dramática e imprevisível.

Mencionei antes a procura de bons professores, aqueles capazes de compreender o que queremos fazer, e ampliar esse horizonte. Parece anômala, hoje, a ênfase no aprendizado pelos livros, uma vez que boa parte do que aprendi na juventude veio de outros, de conversas em que fui estimulado pelas pessoas e absorvi seu entusiasmo. As conversas constantes sobre "padrão de vida" me levaram a pensar em quem eram meus amigos e sobre o que conversavam. O "padrão de vida" não se restringia, na verdade, a mobília, tapetes e jardim. Era a atmosfera na qual vívíamos.

Aos catorze anos, tendo lido alguns livros grossos, resolvi escrever um também. A idéia era avaliar se eu tinha fôlego para a tarefa. Os grandes desafios me atraíam, desde que fossem sancionados por papai. Meu pai deve ter percebido que eu enfrentava problemas na escola, que corria o risco de afundar no desespero e na derrota. A escrita era coisa dele, o desejo que o estimulava, mas ao me apresentar a ela, ao me mostrar a satisfação possível no desenvolvimento de uma habilidade, ele fez com que meu espírito se elevasse e me mostrou uma saída. Quando era criança eu queria ser pintor, mas como minha mãe não quis continuar a pintar, vi que essa atividade não poderia ser feita por nós.

Por sorte, eu não dividia mais o quarto com minha irmã: meus avós maternos arranjaram um apartamento para eles. Finalmente tive minha mesa, aparelho de som, rádio e uma máquina de escrever pesada que meu pai levara da embaixada para casa. Eu coloquei papel na máquina e comecei a escrever. Meu diário diz: "O romance é a triste história de um jamaicano neste país, seus dois amores e o problema racial. Escrito em estilo moderno, fluente, compreensível a todos. Tentei colocar o problema da cor em perspectiva". Eu escrevia depois das aulas, durante as férias e nos fins de semana.

Quando terminei o romance "Run hard black man", não o mostrei a meu pai. Eu havia submetido a ele outros textos meus, mas a crítica fora surpreendentemente ríspida e desanimadora. Desse ponto de vista, ninguém tinha permissão para aprender — o fracasso já estava dado. Era o tipo de sinuca que os pais freqüentemente apresentam: os filhos devem seguir o plano dos pais, sem fracassar nem ser bem-sucedido. Que possível solução pode haver, além de tocar o bonde sozinho?

Por sorte, Omar tinha um contato na editora Anthony Blond, que eu conhecia por publicar Genet na Grã-Bretanha. O próprio Blond convidou meu pai e eu para uma conversa em seu escritório na Doughty Street, onde Dickens residira. Eu usava o uniforme escolar; papai tirou o dia de folga no serviço e me fez pedir um adiantamento de cinco libras para que pudéssemos almoçar bem. Papai sempre acreditou que a forma suprema de reconhecimento crítico era o dinheiro. Blond, creio, queria verificar se eu tinha mesmo a idade que alegava. Felizmente, não pretendia publicar meu livro, mas acreditava que eu deveria continuar trabalhando nele. No escritório fui apresentado a Jeremy Trafford, um editor de classe alta encarregado dos títulos acadêmicos. Trafford fora criado na Índia e residira no Paquistão. Fora hippie também, e além de ter lido muito aspirava a se tornar romancista. Residia em Earl's Court, onde o trânsito era sufocante. Área decadente, cheia de hotéis baratos, australianos, turistas, putas, traficantes, veados atentos e aproveitadores variados. Belo, a seu modo sujo; acabei descobrindo que as únicas partes desinteressantes de Londres eram os bairros ricos, como Belgravia.

Jeremy me emprestou livros e discos e orientou minhas leituras. As festas de Jeremy eram disputadas por gays e héteros, além de excêntricos e romancistas como Beryl Bainbridge. Lá os convidados cantavam Nöel Coward, declamavam poesia e faziam o que queriam, um deslumbramento. Meu pai, segundo Jeremy, estava "inchado de orgulho". Eu estava extasiado com o número de palavras e a quantidade de informação que aquela turma urbana tinha à disposição, comparada com a pequena classe média dos subúrbios. Então era para isso que a educação servia — conversas melhores para acompanhar a comida e o vinho.

Aos domingos Jeremy vinha à casa da minha família e se sentava a meu lado à escrivaninha para repassar os textos que eu escrevia, riscando algumas frases, elogiando outras, falando de palavras e imagens que funcionavam, e de outras que não davam certo. (Nietzsche chama a criação de toda arte de "rejeitar, peneirar, reformar, organizar"). Jeremy também me escrevia longas cartas a respeito da natureza da ficção, do que a tornava mais eficaz, da criação de uma estrutura e, mais importante, de personagens. Ele acreditava que era possível ensinar a escrever, e isso serviu como base para minha escrita. Ele me mostrou como revisar e aperfeiçoar meu trabalho, e ficava furioso quando eu ia depressa demais. Aceitei o conceito de que escrever não era algo a se fazer sozinho. Pessoas reais e os críticos que temos na mente eram essenciais. Sua atenção e seu encorajamento constantes representaram um importante reconhecimento externo, mostrando que meu texto não era apenas narcisista, tinha algum valor para o mundo. Eu não escrevia para meu benefício apenas; queria fazer alguma coisa que os outros desejassem. Esse foi o momento decisivo.

Meu pai acompanhou tudo isso com paciência, mas foi excluído. Ele jamais recebera tamanha atenção e tantos elogios. Receber elogios é competir com outros que também o desejam, e isso poderia provocar uma tempestade de ciúme.

Comecei a levar meu trabalho a sério, em parte por Jeremy acreditar nele, e também por me ocorrer que minha vida diária poderia repetir a de meu pai, se não me dedicasse a um projeto. Além de escrever, eu não tinha talento para mais nada. A maioria das profissões que eu poderia considerar — arquitetura, psicanálise, carreira acadêmica, direção de cinema —, eu mal sabia que existiam. A visão suburbana era manter o máximo de distância do mundo, um lugar aterrorizante, e se agarrar ao que fosse conhecido.

Minha incursão prematura pelo mundo dos livros me afastou dos antigos amigos e me levou a considerar a escola e todos que lá estavam uma perda de tempo. Mas um dia um rapaz da escola, que eu não conhecia muito bem, me convidou para ir à casa dele à noite. Calculei que veríamos tevê e falaríamos mal dos professores. Em vez disso, eu o encontrei no quarto, dançando na cama, tocando alucinadamente um violino, um instrumento que ele obviamente nunca tocara antes, para acompanhar um disco do Velvet Underground. Ele usava o blazer da escola, mas todo rasgado em tiras. As paredes do quarto eram o que minha mãe chamaria de "um nojo". Ele as pintara jogando baldes de tinta. Sentados no chão, de pernas cruzadas, havia rapazes de outras escolas, inclusive Bill Broad — que mais tarde seria Billy Idol —, que cursava o colegial e usava óculos pequenos e redondos tipo Lennon e casaco de lã com capuz; além disso, tinha sotaque norte-americano. Para minha surpresa, também havia várias meninas sentadas no chão. As pessoas entraram e saíram durante a tarde e a noite inteira, com discos debaixo do braço, alguns também tocaram guitarra, "improvisando"; ou ocupavam a cama e copulavam com as moças. Fiquei até amanhecer e voltei no dia seguinte.

Os meninos se intitulavam "freaks", que era como eu me via. Eles não queriam só ver *Fantasia*, de Walt Disney, viajando com LSD no Bromley Odeon e freqüentando festivais, esperando a hora de ouvir o Soft Machine ou a Maharishi Orquestra, mas pensavam no que fariam em matéria de música, moda e fotografia. Eles fizeram com que eu me sentisse competitivo, de modo que, antes de vestir a calça de veludo, eu passava algumas horas na máquina de escrever, tentando ver que tipo de relato eu poderia criar a partir de nossas vidas, histórias que eu nunca vira nos livros de outras pessoas: sexo adolescente, overdoses, professores sádicos, as vidas bizarras dos pais, quando vistas pelos filhos. Tchecov foi um grande escritor, mas sempre haverá algo de chocante e interessante no mundo contemporâneo retratado na ficção.

Papai ia trabalhar de camisa rosa ou roxa, com abotoaduras espalhafatosas; suas gravatas eram psicodélicas, os sapatos exibiam correntinhas ou fivelas reluzentes, as meias eram vistosas. Papai gravava música para mim, compartilhando seu entusiasmo: ele gostava de blues, soul, gospel, reggae e tudo da Tamla Motown. Omar também deixou o cabelo crescer e passou a usar roupas informais. Durante os anos 1960, no Paquistão, Omar trabalhou em jornais, além da rádio. Quando o time do Paquistão excursionou pela Inglaterra, ele esteve na Rádio Três e escreveu para o *Guardian*. Nos almoços e encontros familiares, dependendo de quais tios e primos estivessem presentes, nós nos reuníamos em volta do rádio transistorizado; ou observávamos, quando estávamos na praia, outras pessoas que o escutavam.

A excursão do time de críquete do Paquistão pela Inglaterra representou uma boa oportunidade para eu ver os irmãos juntos. Falando uma mistura de urdu e inglês, os irmãos se reuniam para assistir aos jogos de críquete. Os jogos Test demoravam cinco dias, e eles não perdiam um só minuto. Fumavam, tomavam cerveja, apostavam, contavam casos e anedotas, cutucavam-se, discutiam e disputavam tudo ferozmente. Eu percebi o quanto a situação poderia se tornar violenta, o quanto os irmãos se agrediam. Era desconcertante, mas também uma espécie de revelação, que os relacionamentos mais difíceis fossem com as pessoas conhecidas, de quem mais gostamos.

Omar passava sempre por Londres, em geral para atividades relacionadas ao críquete. Ele foi técnico do time do Paquistão por algum tempo. Eu o via mais com maior freqüência nos anos 1970, na época em que a parte oriental do Paquistão se separou da ocidental, formando Bangladesh, com sua conseqüente invasão pela Índia. Em 1971, Sulfikar Bhutto tornou-se presidente do Paquistão.

Omar tinha um pequeno apartamento funcional perto da ponte de Battersea, na frente do pub Roebuck da King's Road, em Chelsea. Usando camisa pólo preta, ele fumava cigarro imitando o jeito de Ken Tynan na televisão. Muitas mulheres entravam e saíam, conversavam comigo e mexiam no meu cabelo. Eu me lembro de uma moça que tirou a bota de cano longo na frente do aquecedor. É uma imagem de que não me esqueço nunca, era algo que queria para mim, insistentemente. Eu me lembro, para desgosto de minha mãe, que Omar levou um grupo de amigos para jantar fora e a conta chegou a cem libras. "Como ele tem coragem de gastar tanto com comida?", ela perguntou.

Certa vez chegamos lá e encontramos Omar sintonizando o rádio para ouvir o noticiário quando entrou a canção "Bangladesh", de George Harrison. Entusiasta dos Beatles, pedi a ele que me deixasse ouvir, mas ele seguiu girando o botão do dial. Eu mal entendia o que aquela simples canção significava para ele e para os outros irmãos; em resumo, a desintegração do que consideravam sua terra natal, um lugar seguro, livre tanto do colonialismo quanto dos hindus. Em *De volta ao Paquistão*, Omar afirma que os bengalis orientais estavam sendo tratados como nativos, "em larga medida do jeito como os ingleses tratavam os povos dominados". Não havia nem mesmo um idioma comum. Os paquistaneses ocidentais falavam urdu, e os do oriente, bengali. Manter os dois lados juntos mostrou-se praticamente impossível, e o conflito levou Omar a pensar se o Paquistão sobreviveria. Morador da Inglaterra, eu não tinha idéia do que significava refletir sobre a viabilidade e a própria existência de um país.

Quando as discussões políticas entre os irmãos esquentavam demais, ou quando Omar ia para o outro quarto conversar pelo telefone com o colega de escola dele e de meu pai, Bhutto — "Bom dia, primeiro-ministro", ele dizia —, eu saía do apartamento e caminhava pela King's Road para ver as lojas e pessoas. O único lugar parecido era Carnaby Street, no West End londrino, que eu havia visitado com colegas de escola. Passei a odiar a volta ao subúrbio. Era cansativo e entediante pegar o trem noturno para os subúrbios. Depois eu ainda precisava esperar o ônibus e caminhar um bocado, sempre a me lembrar das jornadas de trem diárias de meu pai.

Já me ocorria que eu podia ir embora, que realmente precisava sair de casa e dos subúrbios para desfrutar melhor os prazeres da cidade. Mas eu sentia medo. Qual era a relação entre prazer e segurança? O que nosso prazer provocava nos outros?

Tudo isso não seria crueldade? Como sobreviver sem os pais? Meu pai sempre teve emprego fixo. Meu tio Omar, não; sua despreocupação parecia atrair coisas melhores do que a cautela do irmão. Eu precisava aprender a escrever, mas como se fazia isso? Conseguiria ganhar a vida assim? Eu observava Omar enquanto ele falava, eu ponderava.

Ao escrever isto, lembro-me da impressão que me causou uma coisa que James Baldwin escreveu. Na primeira ida à igreja perguntaram "E de quem você é filho?". A resposta não poderia ser outra a não ser: "Do Senhor".

Eu sei que me meti numa confusão. Em muitos contos de fadas e parábolas religiosas há a família real e a imaginária, assim como no amor há pessoas reais e os fantasmas que misturamos com elas. O modo como esses reinos se confundem e se chocam é material literário. Eu pensei que fosse uma coisa, mas na verdade sou outra. Vejo isso agora. Minha mãe não gostava do coronel Kureishi, que tentou forçá-la a ir para a cozinha cozinhar para ele. Ela havia sido uma filha adorada. Ao contrário das outras crianças locais, que foram "evacuadas", ela permaneceu em casa durante a guerra, pois a mãe se recusou a se separar dela. Ela não morria de amores por nenhum dos irmãos Kureishi, exceto meu pai, a quem idealizava. Ela não compreendia minha simpatia por eles, considerava isso traição. Creio que meu pai descarregou seus ressentimentos nela. Naturalmente, isso tornava aqueles homens ainda mais interessantes para mim. Vi, desde cedo, o quanto seria essencial para mim resistir à incompreensão e à desaprovação materna de modos de vida diferentes, o que acabou conduzindo a um inevitável rompimento entre nós.

Deve ter sido difícil para meu pai me ver fascinado por um sujeito com quem ele rivalizava tanto. Talvez ele quisesse que eu visse o que ele via, para saber o que o hipnotizava e petrificava. Meu pai ficou desolado pelo fato de Muni se casar com outro, e por sua mãe preferir Deus a ele, que era obrigado a dividir os pais com vários irmãos. Mas ele deveria ter percebido que formas inesperadas e dolorosas de infidelidade o aguardavam — por exemplo, do filho com o tio, seu próprio irmão —, o que pode ser ainda mais complicado.

10.

Aos dezesseis anos larguei o colégio, ou melhor, fui expulso, e não tinha nenhum projeto educacional. Deixaram claro que hippies, mods, skinheads e roqueiros não eram bem-vindos na classe. De todo modo, eu só tinha sido aprovado em três matérias. Os professores não tinham ambições ou esperanças para eles mesmos, e com certeza nada esperavam de nós. Talvez um punhado chegasse à universidade; os outros largariam a escola aos dezesseis anos e se tornariam aprendizes, trabalhariam como corretores de seguros, ou iriam para um curso técnico. Para muitos garotos, restava o pop como única esperança de vida criativa, imprevisível. A mãe de um colega de escola deu ao filho, como presente de aniversário, numa mistura de esperança e desespero, uma guitarra com amplificador, dizendo a ele "divirta-se". No mais, vivíamos presos à visão de mundo do pós-guerra, que propunha uma vida controlada, com casamento, claro, e segura, a vida que meus pais queriam viver.

Um dos conhecidos de Jeremy talvez tenha sugerido que eu fosse para Fleet Street e me tornasse jornalista, mas eu já sa-

O autor, 1970

bia que não era o tipo de texto que eu desejava fazer. É isso, em parte, que significa pertencer à baixa classe média: a não ser que seus pais tenham idéias arrojadas, a noção do que você pode ser fica severamente limitada. O Outro sim, está qualificado para receber as coisas boas. Classe não é apenas uma questão de ambição ou sotaque: os sotaques são variáveis e podem ser facilmente mudados ou aprendidos. A classe trabalhadora e a baixa classe média não falavam muito. Ser articulado não era uma virtude, era visto com desconfiança. Quem falava bem passava por exibido, até esnobe. Os astros de cinema que idolatrávamos em geral permaneciam calados.

Só me dei conta do significado dessas distinções depois, principalmente no Royal Court, onde a maioria dos diretores mais antigos tinha formação militar, tendo freqüentado colégios particulares e Oxbridge.* Até nos mais radicais ainda restava o sotaque de coronel, embora eles tentassem uma identificação com o proletariado. Sua confiança, seu narcisismo e seu senso de que algo lhes era devido eram impressionantes. Claro, meu pai estudara em escola particular e vinha de família militar. O pai dele fora coronel, e a família tinha uma forte noção de suas prerrogativas. A exemplo do rapaz de *Minha adorável lavanderia*, meu papel era recuperar a fortuna familiar, fazendo com que eles voltassem a sua posição original. Mas, como?

Eu entregava jornais de manhã; gostava de acordar cedo, quando podia sentir a qualidade do ar. Papai já estava pronto, escrevendo de terno em sua escrivaninha, antes de ir trabalhar. Eu caminhava pelas ruas desertas com meu cachorro, mesmo se tivesse ido dormir tarde na noite anterior. Perto de casa havia uma escola de arte onde eu entregava jornais. Eu percorria os corredores desertos às sete e meia da manhã, entrava nas salas de aula, sentava nas mesas, lia os avisos de reuniões políticas, apresentações de conjuntos musicais e *happenings*. Escrevia histórias e poemas anônimos e os prendia nos quadros de avisos do pátio. Ao voltar para casa pensando no café-da-manhã, contava as camisinhas no mato.

Certo dia, no verão, ao me dar conta de que não tinha a menor idéia do que faria no outono, fui até a escola e marquei uma entrevista com o professor de língua e literatura inglesa. Meu pai ignorava o funcionamento do sistema educacional inglês e minha mãe não se mostrou receptiva; só disse que preferia me ver na Marinha. Ela percebera que um de nós deveria sair de casa, mas estávamos no final dos anos 1960 e eu não sen-

---

* As universidades de Oxford e Cambridge, especialmente quando consideradas como sedes tradicionais de excelência acadêmica, privilégio e exclusividade. (N. E.)

tia a menor atração por aquele tipo de autoridade, pois já estivera nos Cadetes do Ar, onde, aprendendo a tocar corneta, fora muito apalpado por sujeitos fardados. Felizmente o professor de língua e literatura inglesa, que devia ter vinte e poucos anos, mas usava gravata, acreditava que alguém interessado em educação deveria recebê-la. A abordagem dos exames e qualificações era bem menos organizada do que é hoje, e fui admitido num curso intermediário entre o colegial e a universidade. A escola de arte mais parecia uma universidade do que um colégio. Eu preferia ser universitário do que aluno; os estudantes ainda tinham prestígio, estavam fazendo a revolução, e as faculdades eram local de diversão, além de instituições educativas. Não dava para distinguir professores de estudantes, e eles se envolviam sexualmente, como era natural. No processo, informações eram trocadas e entusiasmos estimulados. Foi um alívio ir para lá — senti que minha vida seria diferente para sempre, dali em diante —, pois as chances de ser insultado, cuspido e espancado como "paqui" eram bem menores do que no colégio, onde me trancaram na sala de marcenaria para me atacar com cinzéis, e me queimaram no ateliê de trabalho em metal. Se ficasse, eu poderia ter sido destruído pelo racismo. Apesar disso, minha primeira namorada da escola de arte evitou me apresentar aos pais, pois eles fariam um escândalo se descobrissem que ela saía com um asiático. Mas eu tinha ido à casa dela, e o quintal dava para uma rua onde havia ponto de ônibus, e eu parava lá, para olhar através da cerca e vê-la com a família. Há muito dessas espiadas furtivas na infância de qualquer um, nas tentativas das crianças de verem os dramas pelo buraco da fechadura, testemunhando apenas fragmentos que preenchem com a imaginação, enquanto se sentem excluídas.

Na escola o cheiro de maconha era permanente; os conjuntos vinham de Londres tocar para nós, e poetas como Brian

Patter e Roger McCough davam conferências. Era possível até ver *Laranja mecânica* no Astoria da Bromley High Street, ou ir ao Institute of Contemporary Arts assistir a filmes de Godard. (Os Sex Pistols tocaram lá em 1976, onde encontraram meus amigos do "contingente de Bromley", bandas emergentes de punk e new wave como Siouxsie and the Banshees e Generation X.) Eu passava boa parte do tempo no centro acadêmico, onde as pessoas ouviam música deitadas em almofadas, usando casacos de pele de segunda mão da Oxfam, conversando com um monte de gente que eu nunca havia visto na escola, e acabei virando presidente.

Os professores nos levavam ao teatro, e foi no curso que comecei a ler Genet, Plath, Hughes, Thom Gunn e Eliot. Também foi ali que estive numa classe com moças pela primeira vez desde o curso primário. Aquelas jovens — que tomavam LSD e usavam heroína, tinham casos com os professores e discutiam métodos anticoncepcionais e aborto — viviam me atormentando por causa dos jornais que eu entregava, e me perguntavam qual era a notícia do dia.

Talvez eu fosse livresco, tímido e ingênuo, mas desde menino me lembro de ver papai olhando as mulheres, eu captava a vergonha e a curiosidade em seus olhos ávidos, que as avaliavam e se arregalavam quando elas se aproximavam: ele me levou a elas por vias que não pretendera. Mas aonde o olhar nos leva? O mundo pode estar cheio dessas oportunidades, mas ele dava a impressão de não ter nenhum uso para as mulheres além de olhar; talvez fosse melhor para ele manter distância de tudo isso. Seu entusiasmo era teórico; o meu não podia ser.

Naquela escola, onde eu deveria ser feliz e era feliz, aprendi como é fácil se apaixonar, descobri quantas pessoas atraentes viviam espalhadas pelo local, e como era forte o impulso para tocá-las. Experimentei por um par de vezes as desgraças do amor, passando rapidamente pelo ciclo inteiro: ilusão, êxtase, dúvida, ciúme, tédio, estagnação, desilusão, ódio, lamento, renovação. Ali aprendi que, depois de iniciado o ciclo, era impossível detê-lo em qualquer dos estágios, bem como a duvidar que o processo todo, que vai se repetir, não fosse uma forma de loucura; o que se passa na mente e no corpo não pode ser controlado pela vontade. Podemos pensar no que seria iniciar essa repetição tendo uma espécie de pleno conhecimento do que Philip Roth chama de "os fatos" — talvez pela leitura de livros e dicas dos amigos — como se isso fizesse diferença, quando na realidade não pode nem deveria fazer.

O encanto é descrito por meu pai, atraído por Muni, no meio de *Uma adolescência indiana*, e se completa em *Um homem descartável*, onde ele explora a amarga futilidade do casamento esgotado de Yusef e Salma, que são incapazes de satisfazer um ao outro, e também incapazes da separação. Por mais que meu pai sempre tivesse conselhos a dar, esta área ele evitava — a experiência central na vida de uma pessoa: o que seria tentar manter um relacionamento íntimo durante anos, e continuar vivo. Talvez meu pai esperasse que houvesse um modo de evitar essa decepção, quem sabe virando escritor ou usando livros como consolo, construindo uma zona onde os conflitos massacrantes não ocorressem, como se a literatura — feita ou consumida — criasse uma distância segura.

O que também aprendi nesses relacionamentos iniciais foi que amor e sexo, ao nos tirar da família, nos levam para o estranho campo das outras famílias, de onde podemos ver a nossa de um ponto de vista privilegiado, objetivamente, como mais uma família no mundo, cheia de conflitos, e não mais o mundo inteiro; e perceber que isso é desconcertante, como questionar uma religião e ao mesmo tempo querer acreditar em Deus.

11.

No final da adolescência eu lia qualquer livro que estivesse solto pela casa. Era um belo modo de aprender, sendo a casualidade uma virtude. Eu também conversava com meu pai a respeito de suas leituras. E lia Jack London, Henry Miller, Jack Kerouac, Charles Bukowski. Livros para "rapazes", ou mesmo para "revoltados", que contrapunham ao ideal suburbano uma vida mais espontânea. Em meu diário eu os chamava de "romances sobre modo de vida", e registrei: "Não quero ir à escola. Pretendo me afastar da sociedade convencional e cair na estrada, escrevendo e trepando".

Animado pela idéia de uma existência ao estilo "beat", assim que concluísse o curso eu pretendia ir morar em Morecambe com uma moça que conhecera no curso de arte, abandonando os estudos para sempre. Meu pai, entretanto, com suas idéias empedernidas a respeito do jeito como as pessoas deviam viver, resolveu que eu seria burguês e ponto final. Após muita discussão, entrei no King's College de Londres, para estudar filosofia. A faculdade me dispensou duas vezes, e como recusei-me a aceitar isso, instigado por meu pai insisti e defendi meu ponto de vista. Hoje eu me surpreendo com a persistência e a força de vontade que exibia na época, e só posso lamentar a incapacidade de exercê-la em outros campos.

No King's College eu sabia intuitivamente o que desejava aprender. Wittgenstein era a divindade do departamento de filosofia; ensinara muitos docentes e professores visitantes. Wittgenstein estava perfeitamente integrado à vida britânica — ele não escrevia a respeito do prazer ou da sexualidade, mas sobre a linguagem. Freud, para quem eu me considerava pronto, era mais esquisito: felizmente, um de seus defensores, Richard Wollheim, dava aulas admiráveis, que eu não perdia.

Finalmente encontrei o caminho em termos de formação. Aprender começou a ser importante quando entendi que precisava saber coisas para sobreviver. Eu havia reconhecido que a leitura de ficção podia ampliar as possibilidades de conscientização, mostrando haver mais sentido e interesse no mundo do que se imaginava. Ler um romance significava conviver com uma pessoa fascinante que nos mostrava seu mundo. Para mim, a filosofia possibilitava um outro tipo de concentração. As teorias serviam como meios para criar novos níveis de compreensão. Percebi que não encontraria respostas, e sim perguntas melhores.

Já me ocorrera que minha consciência não alcançava o que fazia de mim quem eu era. Eu vivia confuso, inquieto e até infeliz, ignorando o porquê. Embora o conceito de inconsciente tenha sido formulado inicialmente por Leibniz no início do século XVIII, a filosofia, como Freud apontou, sempre tratou o conceito de inconsciente com ceticismo. Para mim não parecia haver dúvida de que os elementos mais profundos de nossas vidas estavam ocultos. Como se entra no quarto trancado do mundo interior? Por meio de mitos, símbolos, poesia? Sem dú-

143

vida, ninguém conseguia se ver por inteiro apenas pela vontade. Eu precisava de outro ângulo, novos instrumentos, pontos de vista diferentes. Queria crer, também, que saber certas coisas a respeito da personalidade era terapêutico. O conhecimento, como Platão defendia, levava as pessoas a se sentirem melhor. "Quem somos?" e, portanto, "Como devemos viver?" eram questões filosóficas fundamentais. Ocupavam posição central em nossas vidas, e a cultura dizia respeito a elas diretamente. Portanto a filosofia, assim como a literatura e a psicanálise, constituía um tipo específico de atenção ao que estava acontecendo, e essa atenção foi chamada de Eros tanto por Platão quanto por Freud.

De qualquer maneira, o King's College e a King's Road situavam-se na mesma linha District do metrô. A King's Road continuava sendo meu local de diversão, e o Royal Court Theatre ficava ao lado da estação. No segundo ano no King's uma peça minha sobre os estudantes, *Soaking the heat*, foi descoberta por meu pai numa de suas investidas a meu quarto e ele a enviou para o teatro. Em retrospecto, meu pai parece ter sido mais ambicioso e confiante em mim do que eu mesmo, ou quase. Ele sabia, porém, que eu freqüentava muito o teatro, dada sua vitalidade na época. Eu gostava dos atores e da platéia, de qualquer forma de arte desfrutada coletivamente. A peça recebeu o que chamavam de produção de domingo à noite; foi ensaiada por uma semana com bons atores e cenário despojado.

Pela primeira vez ouvi atores dizerem meu texto e soube como o diretor molda uma peça em conjunto com o autor. Eu gostava de reescrever no local de ensaio; ali o humor fluía, ali entendi que queria escrever comédias. Ao final da única apresentação, que não alcançou absolutamente nenhum sucesso, meu pai se mostrou furioso como havia muito tempo eu não o via. Ele reclamou ter precisado subir até o fundo do teatro, da quantidade de degraus e depois do tamanho do palco, que considerava pequeno demais. No final, sentei-me na beira do palco e respondi a perguntas da platéia. Sempre que erguia a vista, via que meu pai estava furioso: para começar, de seu lugar ele fazia o V da vitória, ironicamente. Eu deveria ter previsto que, não importa o que acontecesse, a produção teria sido muito pouco ou demais para ele.

No Royal Court e particularmente nos estúdios Riverside — um centro de arte no oeste de Londres, onde eu trabalharia no futuro —, passei a me interessar não só pelas performances, mas também pelos atores, bailarinos e músicos. Como acontecia com as companhias teatrais itinerantes ou os músicos de jazz, eu imaginava que eles levassem vidas incertas e criativas, muito diferentes das rotinas suburbanas. Fascinava-me a colaboração entre platéia e artista, a disposição de um para apoiar o outro, a profundidade do prazer nas apresentações ao vivo. Eu queria estar próximo do que criavam. Vi, em Riverside, que um artista pode se renovar por meio de outras formas de arte, assim como da sua; que formas mais abstratas, como a música, as artes visuais e a dança, podem ser tão estimulantes quanto as palavras.

Eu trabalhava esporadicamente no Royal Court, vendendo programas, lendo scripts e freqüentando oficinas. Normalmente, preferia os intervalos aos shows: como lanterninha eu pegava mais mulheres do que mais tarde, quando fui contratado como escritor residente. Quando o espetáculo começava, era possível fazer sexo com elas no banheiro. Vi grandes atores, diretores e autores que circulavam por lá, como Beckett, Lindsay Anderson, Bill Gaskill e a nova geração: David Hare, Richard Eyre e Christopher Hampton, que me apresentou a Peggy Ramsay, uma agente famosa que representava Joe Orton. Ela cuidou de mim por pouco tempo, mas parecia acreditar, a crer no que

Simon Callow escreveu no livro a seu respeito, que eu ia tocar fogo em seu escritório. No início dos anos 1980 eu vi meu nome na porta do Royal Court, quando minha peça *Borderline*, sobre os imigrantes de Southhall, foi encenada no palco principal. *Borderline* foi uma "criação coletiva", uma peça feita por mim, pelos atores e pelo diretor, baseada em pesquisas sobre uma região asiática de Londres com a qual eu não estava familiarizado. Trabalhar desse jeito era difícil para mim. Eu gostava de isolamento para escrever, era uma das coisas que me motivavam, além de reproduzir, claro, o isolamento de meu pai. Mas no Royal Court o trabalho em grupo era inevitável. Como Roger Michell me fez ver recentemente, assim que o sujeito saía da universidade para trabalhar no Royal Court, ele tinha de pegar o trem para o East End, onde deveria criar um curso de teatro para quarenta crianças carentes sem nunca ter feito nada do gênero antes.

Muito antes de concluir que os grupos reproduziam simbolicamente a dinâmica familiar, eu já sentia dificuldades com eles. Não gostava de escutar, especialmente se eu discordasse do que diziam. Ouvir papai às vezes me enervava. Eu sentia um bloqueio, quase não conseguia falar: como algumas crianças, preferia manter silêncio em casa, para reduzir os conflitos familiares. Portanto, no grupo eu mal suportava permanecer na sala, de tão nervoso. Fazia com que eu me lembrasse da escola. Talvez me lembrasse também de quanto eu precisava das pessoas. Apesar de tudo, persisti. Boa parte de minha produção em teatro e cinema foi feita em colaboração, e, depois que me persuadiram a conduzir a criação coletiva de textos no Royal Court, comecei a entender para que serviam os grupos, os tipos de intimidade e autoconhecimento possíveis quando desconhecidos se reuniam para discutir suas vidas e ler suas obras uns para os outros. Aprendi a ver os grupos como um "terceiro" espaço, algo intermediário entre ficar sozinho e perder a identidade numa instituição imensa. O objetivo — escrever — ainda era pessoal, mas dava para entender onde os outros se encaixavam.

Na extremidade da King's Road oposta ao Royal Court encontrava-se o apartamento em que Omar residia. Em matéria de conhecidos, pelo menos três aspectos da King's Road se destacavam. Além dos atores, autores e diretores do Court, um pouco adiante havia os playboys ricos, o tipo de macho que seria mais tarde conhecido como "medallion men". Saíam acompanhados de moças que mais tarde seriam chamadas "Sloane Rangers", em geral residentes em Fulham e South Kensington. (Omar conhecia essas mulheres, e em termos de classe eu as considerava fora de alcance.) Os rapazes do grupo, metidos a gângsteres — embora antiguidades e não drogas fossem a mercadoria na época —, guiavam carros de luxo e freqüentavam bares e cafés como o Picasso's.

Por outro lado, em função da proximidade da loja Sex, de Vivienne Westwood e Malcolm McLaren, a primeira geração de punks se embebedava em pubs da King's Road, como Roebuck, Water Rat e Chelsea Drugstore. A parte superior do Roebuck era particularmente violenta, e eu fiquei chocado com a agressividade dos punks, mais ainda depois de ser atingido na cabeça por um copo de cerveja. Alguns vinham dos subúrbios, como eu; eu freqüentara a escola com eles, e quem não tocava em alguma banda começava a trabalhar com moda e fotografia. Entre os demais destacavam-se os garotos autodestrutivos de conjuntos habitacionais do governo, vindo de áreas como Kilburn, e eles não estavam para brincadeira.

Durante esse período em Londres, meados dos anos 1970, saí de casa para sempre, fui morar em West Kensington com minha namorada, que estudava literatura no King's. Minha partida, súbita e definitiva, deve ter espantado meu pai, pois um envolvimento tão intenso simplesmente acabou. Pelo jeito tornou papai ainda mais doente e amargo, como se torcesse por meu fracasso em Londres, para que eu voltasse para casa, onde nós dois continuaríamos a viver como antes. Meu pai deixou a casa dos pais dele em Bombaim e nunca mais voltou. Minha mãe morava perto da família e via os pais diariamente. Qual dos dois eu repetiria? Uma mistura: eu sentia culpa por partir, como se fosse sugar toda a vitalidade da família em vez de proteger papai e mamãe, dando-lhes algo importante para fazer. A preocupação com as chances dos textos de papai era seu modo de nos obrigar a ligar para ele, cabia a nós alimentar sua esperança. De todo modo, se os deveres dos pais em relação aos filhos são relativamente claros, os dos filhos são obscuros, principalmente quando o filho se torna adulto. O que você deve a eles exatamente, então? Por que ser mais leal a seu pai do que a você mesmo?

Os dois extremos da King's Road eram representados pelos meus melhores amigos de universidade, ambos da Europa Oriental. Como Karim Amir com Charlie Hero e Matthew Pike, em *O buda do subúrbio*, sempre tive inclinação para reverenciar heróis. Eu crescera acompanhando esporte e, depois, a música pop, de modo que Lennon, Dylan, Jagger e Hendrix eram meus ideais masculinos. Assim que saí de casa, a propensão de procurar pais e irmãos que levassem uma vida melhor que a minha — por mais contraditórios, divididos e dissipados que fossem — pareceu aumentar. À medida que meu quadro mental desmoronava, a vida dos outros parecia mais gloriosa. No entanto, se uma vida puder ser narrada em termos de identificações, ela precisa incluir tanto quem você encontra quanto quem você deixa.

Brian, checo, nascera aqui; Georgi era búlgaro. Para nenhum deles o inglês fora a língua materna. Brian conhecia Londres muito melhor do que eu, familiarizara-se com seus pubs, clubes e bares. Georgi fugira da Bulgária em circunstâncias difíceis, traumáticas, e pedira asilo. Bem apessoado, ciclista olímpico, lia Hegel em francês na cama, embora isso não o alegrasse em nada. Tanto Brian quanto Georgi me pareciam encarnar aspectos diferentes de Omar — sua descontração, sua inteligência e seu charme. Ambos eram autodestrutivos de um modo que escapava à minha compreensão.

Aqueles dois amigos meus, interessados em filosofia, jamais manifestaram interesse especial um pelo outro. Os amigos podem ser as pessoas que levam vidas que você gostaria de levar, mas buscam coisas diferentes. A maioria dos punks era de classe operária, ou pretendia ser. Brian e eu não tínhamos origem na classe trabalhadora, mas nossos antecedentes e os de Giorgi não poderiam ser facilmente situados no sistema inglês de classes. Estávamos de certo modo deslocados, mas não nos sentíamos intimidados. Não acreditávamos que existissem lugares onde não podíamos entrar. Aqui ou ali dava na mesma, e tudo confluía no rock'n'roll.

Brian se interessava pela mídia e pela sexualidade extrema. Editava uma revista, tinha uma banda e uma namorada mais velha. No dia em que nos conhecemos ele me levou a uma livraria para mostrar o trabalho de Allen Jones. Vivíamos obcecados pelos Rolling Stones, Beatles e Sex Pistols; por vezes passávamos a tarde inteira, depois de ter tomado LSD ou outras drogas, ouvindo música e falando sobre ela.

Ele pedia dinheiro emprestado sem a menor intenção de devolver, nunca aparecia nos encontros marcados, usava nossas roupas, furtava nossa bebida, contava mentiras e transava com nossas namoradas nas nossas costas. Com as namoradas dele, com freqüência mostrava-se violento, sempre as insultava e era mortalmente dependente delas. Disse que queria ser amado como pessoa, incondicionalmente, e não por seus atos. Retruquei que os atos eram o homem, e que nem os bebês eram adorados incondicionalmente. Ele me apresentou a capas de chuva de PVC, trabalhos de gente como Gensis P. Orridge, pornografia, a idéia de sexo grupal e nitrato de amila, bem como a clubes diversos freqüentados por travestis, drag queens e artistas. Tentávamos sempre entrar nas festas de Derek Jarman, nos galpões do East End. Naquele tempo os diversos grupos "underground" eram menos tribalizados e costumavam se reunir nos mesmos clubes, principalmente clubes gays, como o Sombrero, em Kensington High Street, e o Blitz, não muito distante do King's College, em Holborn. A namorada de Brian começou a trabalhar como prostituta, atendendo principalmente árabes. O punk — violento, feio, autodestrutivo, anti-hippie — era a perfeita expressão cultural para aquela juventude reprimida desde a infância.

Eu estava com Brian em meu vigésimo primeiro aniversário, que ocorreu no segundo ano no King's. Estávamos com uma moça que ele me havia apresentado, que depois seria minha namorada e com quem, naquela noite, eu fazia sexo pela primeira vez. Passamos a maior parte da noite queimando fumo e ouvindo compactos simples de punk — *God Save the Queen* acabara de sair. No dia seguinte, quando telefonei para casa, mamãe contou que papai sofrera um ataque do coração e fora internado no hospital. Passei a acreditar, claro, na existência de um nexo causal entre os eventos — minha ausência e sexo — e a doença de meu pai. Qualquer coisa condenada por meu pai era para mim uma rebelião. De todo modo, eu sabia que ele estava sempre olhando tudo que eu fazia, onde quer que eu fosse, como Deus, observando e condenando.

Em minha opinião, Brian e Georgi tinham um desejo avassalador por mulheres. Os dois estavam mais comprometidos com seu prazer do que com o futuro. Como Omar, gabavam-se e provocavam, mas suas aventuras soavam bem verossímeis. Eu gostava de ouvir as histórias, assim como escutava meus colegas de escola relatarem suas aventuras sexuais precoces. Minha sensualidade estava no ouvir, na trama, nos detalhes, na atmosfera. Eu sentia muito mais medo de meus impulsos que meus amigos. Escolhia moças mais discretas, convencionais, e me sentia convencional em comparação com meus amigos. Certa noite descobri o preço pago por Brian para manter seu charme e suas atividades. Ele comprava heroína, pegava um pouco para si e vendia o restante. De repente, tudo que ele pretendia, assim como seu talento, encanto, inteligência e charme ficou reduzido a isso. A autodestruição era o máximo. Quem queria sobreviver era mais fraco do que quem não queria. Se faz parte da natureza das mães, e do mundo, ser, em última análise, inconfiável, não há nada tão confiável quanto o vício. Em comparação, eu me sentia constrangido por parecer ambicioso, esperando tanto do mundo. Ambição era autoconfiança e esperança. Eu queria ser capaz de dizer "Vivo do que escrevo".

Um dos modos pelos quais conheci Londres foi freqüentando pubs. Em Bromley, meu avô inglês freqüentava o pub na hora do almoço, preferindo o salão público ao ambiente mais salutar do bar restrito, para ler o jornal de papel rosado sobre corridas e o *Daily Express*. Eu gostava de ir com ele. Logo passei a ir a pubs quase todas as noites, fossem em Bromley ou em Beckenham. Era barato, o único lugar aonde jovens no final da adolescência podiam ir. Lá encontrávamos amigos e desconhecidos, líamos jornais, tomávamos bolas e LSD, queimávamos fumo, víamos bandas novas e até peças de teatro, ouvíamos músicas em vitrolas eletrônicas — parece que era sempre Bowie; parece que era sempre "Sufragette city" —, pegávamos mulheres, ou pelo menos olhávamos para elas, e escapávamos dos pais. As pessoas conversavam nos pubs, e havia televisão. Portanto, morando no oeste de Londres, tentando escrever, no final do dia eu adorava me perder na escuridão e na quietude do início da noite em um pub, onde ninguém me incomodava. Se bebia, não podia continuar produzindo naquele dia. Brian nos levou aos pubs à beira do rio, em Hammersmith, e havia Notting Hill, boêmia e na moda, antes que os pubs fossem convertidos em bares. Descrevi parte desse mundo, particularmente no início da dance music e do uso de ecstasy — uma droga que eu apreciava muito — em *O álbum negro*.

Brian, em particular, sabia aonde ir. Ele e Georgi, que trabalhava como crupiê e às vezes como segurança, saíam separadamente todas as noites, a noite inteira; eles só acordavam de tarde. Davam a impressão de ir a qualquer lugar que desejassem, explorando a cidade, enquanto eu vivia envolvido com meu trabalho, que eles consideravam risível e confuso. Brian sofrera com as surras e zombarias do pai; sua curiosidade e sua inteligência mal conseguiam superar o ódio que ele tinha de si, e ele passou anos nos apartamentos dos outros, sem fazer nada além de se drogar e levar os amigos a se perguntarem o que fora feito de sua promessa.

Depois que saí da universidade tive vários empregos, em geral no teatro, tanto na bilheteria quanto nos bastidores. A principal tarefa naqueles anos era sentar na frente da máquina de escrever, dias a fio, semana após semana, em apartamentos alugados gelados, entediado ou de ressaca, na tentativa de descobrir se eu tinha histórias a contar e personagens para dizê-las. Eu ia para a escrivaninha regularmente e chegava a passar a manhã inteira lá. Escrevi peças de teatro e pornografia, um romance, artigos e meu diário. O conto é uma forma conveniente para mim, pela facilidade de controle; vemos o conjunto de uma só vez. Mas eu gostava de histórias maiores também, com vários personagens de diferentes setores da sociedade. Editores, diretores e amigos me ajudavam a retomar e desenvolver os textos. Além disso, passei a trabalhar em diversos projetos simultaneamente, o que provocava atrasos em todos eles, mas fazia com que eu me sentisse ocupado. Não havia como evitar: eu precisava determinar se suportava o comprometimento, a paciência e os reveses necessários para me tornar escritor. E, tão importante quanto, descobrir se, ao contrário de meu pai, eu seria capaz de encontrar um público para minha obra.

Escrevemos por preocupação, inicialmente, expressando temores ocultos e receios cotidianos que tenham uma força emocional considerável atrás de si. Isso pode parecer inspiração. Talvez leve um tempo até que possamos decidir se o material possui um interesse duradouro para nós; se desejamos conviver com ele, desenvolvê-lo até que se torne uma obra acabada, ou se o entusiasmo evaporará quando a ansiedade passar, e outras histórias o substituírem.

Descobri que odiava esperar, odiava a frustração sobre a qual se funda qualquer criatividade. Para completar, quando se mergulha com segurança numa história e suas possibilidades se multiplicam, o trabalho se torna mais absorvente, fragmentado e caótico. Você pode se sentir esquizóide, quase mentalmente desequilibrado pelo que acompanha uma conjuração de espíritos internos — o amor e o ódio exagerados, a revolta, a fúria, a perversão. Sentimo-nos incapazes de acordar de um pesadelo, por vezes. Odiamos as partes ruins de nosso trabalho; odiamos a pessoa que as escreveu. Como, então, fazer com que esse material integre nosso trabalho, e, mais ainda, se integre a nós? Essa é em parte a fonte da dor de escrever. A luta para organizar o fluxo de material perturbador e disparatado pode ser desconcertante, por isso alguns escritores gostam de trabalhar a partir de fórmulas. Assim nada sai do lugar e ele podem seguir em frente. Mas em qualquer obra genuinamente criativa deve haver um equilíbrio entre o impulso para terminar e a necessidade de permitir que ela evolua até onde possa ir, para que seja tão alucinada quanto possível, permanecendo inteligível. Quando eu trabalhava, percebi que me interrompia constantemente. Ficava obsessivo, nervoso e me odiava. Procurava itens inúteis no apartamento até minha cabeça virar um redemoinho. Sinto isso até hoje.

Escrevi um texto curto recentemente, para o bailarino e coreógrafo Akram Khan, e me dei conta não só de que os artistas indianos começam com uma idade muito tenra, como também de como os principiantes se submetem a uma disciplina que lhes impõe regras e restrições. Há uma abundância de pais, gurus e figuras autoritárias nessa tradição. Individualidade e discordância não são consideradas virtudes. Para esses intérpretes, a disciplina não é um fator adicional, e sim um modo de vida. Trata-se de uma forma de relacionamento no aprendizado, que se inicia com a fé do iniciado no mágico/autoridade e tem de terminar com a transcendência da autoridade. Se o artista for inspirado, e não esmagado — se aprender a usar a tradição em vez de ser intimidado por ela —, o processo lhe fornecerá aprofundamento cultural e habilidade capazes de ampliar e enriquecer sua atuação. Claro, no final, a disciplina só pode levar até certo ponto. O sujeito pode chegar até a escrivaninha, mas uma vez lá, Eros precisa ser evocado, caso contrário o resultado será nulo.

Pelo que sei, os escritores são os únicos artistas que não têm uma tradição de aprendizado. Por meio de leitura, educação e conversa, eles têm de criar seus próprios cânones e objetivos. O que um professor poderia fazer? Já notei que jovens escritores freqüentemente supõem que a livre produção de suas próprias imagens e sentimentos machucará os outros, que sua criatividade é uma forma de agressão a que outros — principalmente os pais — não sobrevivem. Um professor pode mostrar a eles que a sobrevivência é provável, que há um vínculo forte e útil entre agressividade e criatividade.

Além disso, os escritores precisam de bons leitores, amigos que compreendam o que eles estão tentando fazer. Isso é essencial, pois se você disser a alguém que pretende se tornar artista, receberá uma resposta dolorosa e complexa. A outra pessoa também quer ser artista. Os outros estão a ponto de começar, mas ainda não deu. E, claro, você não parece ser artista, para eles. Quanto talento você acredita ter? Crê realmente que os outros estejam interessados em você?

Meu pai deve ter aturado isso muitas vezes. A ele faltava apoio, que buscou em mim, seu arrimo, confidente, irmão. No entanto, em minha opinião outros escritores não são os mais indicados para a tarefa. E o encorajamento é essencial, em razão da ambivalência que qualquer artista sente a respeito da submissão exigida por sua atividade: a disciplina, que pode levá-lo a concluir que vem sendo conduzido por um tirano interno; a recusa indispensável de outras distrações; a impressão de viver aprisionado por sua arte, de concentrar toda a energia nisso enquanto os outros vivem de verdade; o ódio de ter de começar a escrever, parar, recomeçar, o danado do ciclo inteiro.

Para escrever é necessário ter em volta outras pessoas que também escrevem, principalmente livros que você admira. O formalismo e o experimentalismo norte-americanos dos anos 1970, que se basearam, como o *nouveau roman* francês, no uso da linguagem, foram muito valorizados em meios específicos, particularmente acadêmicos. Eram interessantes — a linguagem foi a preocupação dos pensadores mais importantes do século XX —, mas havia neles algo de inanimado ou abstrato demais. Nenhum escritor pode se dar ao luxo de esquecer que uma boa história é sempre irresistível, que o interesse vem mais da narrativa do que da estética. Felizmente, do ponto de vista da minha geração, a literatura latino-americana surgiu na Grã-Bretanha dos anos 1970, reintroduzindo o humano no romance. Papai gostava de Gabriel Garcia Márquez, o homem que registrou casos contados pela avó, passados em lugares distantes dos Estados Unidos, de Paris ou de Londres. Eu também gostava das histórias de Garcia Márquez, suponho que seria o gênero preferido de meu pai se ele tivesse sido o escritor que pretendia ser. Garcia Márquez, claro, interessava-se pelos pais-ditadores, e ninguém, ao se deter no século XX, pode evitar de pensar no amor e na necessidade que sentimos pelos ditadores e seus cúmplices, os torturadores. Garcia Márquez seria um autor adequado ao Paquistão, por exemplo, com sua queda por monstros, magia e religiões radicais, capaz de retratar figuras questionáveis e conflituosas como o amigo de papai, Zulfkar Bhutto, assassinado por seu sucessor, Zia Al Haq, que também foi morto, um homem capaz de mudar a constituição do Paquistão de acordo com os sonhos que tivera na noite anterior.

Eu me lançava ao mundo e minha educação apenas começara. Interessava-me pela obra inicial de Wittgenstein e por seu desejo de separar o que podia ser dito e o que não podia. Wittgenstein traçou uma analogia entre filosofia e terapia; parte da utilidade das duas era libertar a pessoa da ilusão. Embora Wittgenstein, cuja irmã foi analisada por Freud, considerasse *A interpretação dos sonhos* a obra mais importante de Freud, ele pensava que Freud se enganara a respeito dos sonhos. Para ele, o medo, e não o desejo, era o tema profundo dos sonhos. Seria provavelmente fácil demais replicar que os medos e desejos de alguém podem ser a mesma coisa. Quando fui embora de casa, em vez de mergulhar no mundo, como aparentemente Omar fizera, eu mal conseguia sair para a rua, de tão atormentado pelo medo.

Eu gostava de ter um melhor amigo — é preciso um par para manter o mundo distante —, e Brian era praticamente a única pessoa que eu tolerava. Como éramos obrigados a assistir a poucas aulas e seminários, Brian e eu passávamos longas tardes passeando pelos parques e pubs do oeste de Londres, falando de mulher e filosofia; às vezes, discutíamos nossos sonhos. Ele dizia coisas do tipo: O que mudaria em sua vida se você começasse a levar seus sonhos a sério? Eu ansiava por um sentido wittgensteiniano, tendia a considerar que sonhos eram preocupações de adivinhadores e tolos, mas fui levado a reconhecer que a idéia de sonhar sem dúvida ocupa um lugar em cada família. Não contávamos os sonhos uns para os outros durante o café-da-manhã, por exemplo. Isso diz algo a respeito do que ocultávamos. Encontrei sexualidade — não sonhos, mas no livro adolescente de papai.

Quando meu tio Achoo falou que eu queria fazer sexo com minha mãe e matar meu pai, ou seria o contrário?, pensei muito a respeito dessas idéias ocultas. Depois comecei a estudar filosofia, que deixa pouco espaço para o conceito de inconsciente, como Freud reconhece. Voltei a Achoo, dizendo: "Nunca ouvi um argumento convincente sobre a existência do inconsciente". "Mas você sonha, certo?", ele retrucou. "De todo modo, qual seria o argumento convincente para um poema, um símbolo ou uma canção?"

De noite, na cama, passei a imaginar pessoas a dormir na cidade, amantes, prisioneiros, crianças, moribundos — o mundo noturno, uma fábrica de sonhos. Refletia sobre o nível simbólico e o desejo evasivo presente em seus corpos, noite após noite, ano após ano. Num sonho ficamos psicologicamente despidos. Mesmo assim, como são bem construídas, originais e impressionantes essas visões estranhas e freqüentemente belas, que só podem ser entendidas por uma mente consciente, descontrolada. Fiquei fascinado pelos sonhos ao perceber o quanto eles podem ser úteis no início de um dia de trabalho, como impulso para iniciar a escrita. Ao descrever os sonhos e associá-los, eu conseguia escrever imediatamente, sem me preocupar com o que teria a dizer.

Brian e eu também contávamos um ao outro nossas fantasias masturbatórias, e ele perguntava às namoradas quais eram as delas. Sem dúvida elas são discutidas bem menos que os sonhos. Tais fantasias intensas, invocadas como estimulantes para determinado efeito final, parecem estar a meio caminho entre os sonhos e os artifícios da imaginação. Mas o que dizem e fazem, além do óbvio?

Estudávamos filosofia, centrada em lógica e causalidade. Mas o que se considerava *nonsense* fazia outro tipo de sentido também, captando algo: noções religiosas, emoções, vontades. Comecei a entender que só despendemos uma pequena parte de nossas vidas em estados que vagamente se assemelham à tão ansiada "racionalidade". Há sonhos, devaneios, fantasias de vingança e retaliação, fantasias sexuais e masturbatórias, imaginação e criatividade. Nosso investimento no mundo se faz pela fantasia; realidade e fantasia interagem continuamente, criando uma sinfonia de fenômenos mentais que não se assemelham em nada à busca de resposta aos problemas filosóficos.

Vejo que, além de tentar aprender com os livros, eu tentava distinguir o que valia a pena saber. Que tipo de conhecimento haveria neles, e qual sua utilidade? Havia a cultura livresca de alguns dos irmãos, como se estudassem para um exame final.

Havia a busca de meu pai por si mesmo, nos esotéricos orientais; seu desejo de formular valores, de um padrão moral talvez, de uma sabedoria que pudesse orientá-lo.

Mas havia outra forma de saber: as idéias de Omar, Brian e Georgi sobre conhecimento sexual, a força do desejo, mais próximo do conhecimento do romancista. Era um jeito de entender o lado sombrio do outro, não só da sexualidade, mas também da destrutividade, da fúria, da paixão e da violência, presentes no que o outro queria. Trata-se de uma forma de conhecimento que nos aproxima de nós mesmos e das pessoas, assim como da idéia do escritor como investigador do proibido. Isso se aproximava mais da compreensão dos sonhos, do interesse pelos corpos — seus sinais, gestos e subtexto infantil — e dos crimes cometidos sobre eles, do que o gosto pelos livros ou o interesse por informações didáticas.

O que as pessoas imaginam que a profissão escolhida fará por elas? No King's, onde eu me via freqüentemente perdido, descobri que J. S. Mill era o protótipo de alguém que acreditava saber qual era sua vocação e percebeu que não sabia o que estava fazendo. Há ocasiões em que nos sentimos tão alienados e distanciados de nosso próprio desejo que perdemos completamente a capacidade de viver. De "quem", ou de onde, vivemos? Por vezes, o "estranho" só pode ser entendido como uma parte louca de seu ser. Essa confusão, Mill descobriu, pode ser avassaladora. E pode ser convertida também em experiência, em literatura.

Apesar da afirmação de Nietzsche de que a filosofia mais significativa é autobiográfica, mostrando a tentativa do sujeito de compreender algo importante para ele, a maior parte da filosofia que li não apresentava ligação com o que eu sentia. Ela emanava da mente, e não da personalidade. Para conhecer personalidades eu recorria à ficção, ou a ensaístas como Montaigne e Camus. Contudo, sendo orientado a ler a *Autobiografia* de J. S. Mill, fui profundamente tocado pelo capítulo intitulado "Uma crise em minha história mental":

> Eu me encontrava num estado de nervos lastimável, como pode ocorrer ocasionalmente a qualquer um; nada suscetível à alegria ou à excitação prazerosa; um daqueles humores em que o que em outros momentos é prazer se torna insípido ou indiferente; o estado, quero crer, em que estão costumeiramente os convertidos ao metodismo, quando impressionados com sua primeira "convicção do pecado". Nesse estado de espírito ocorreu-me formular uma pergunta diretamente a mim mesmo: "Suponha que todos os seus objetivos na vida fossem alcançados; que todas as mudanças nas instituições e opiniões fossem alcançadas; que todas as mudanças em instituições e opiniões que você almeja pudessem ser completamente realizadas neste instante preciso: seria isso motivo de imensa alegria e regozijo para você?". E uma autoconsciência irreprimível respondeu claramente: "Não". Assim meu coração encolheu dentro de mim: a fundação inteira sobre a qual minha vida foi erigida desabou. Minha felicidade toda teria de ser encontrada na busca contínua dessa meta. Os fins deixaram de encantar, e como poderia haver novamente interesse pelos meios? Parecia não me restar mais nada por que viver.

Mill, a se desintegrar inegavelmente, não sabia a quem procurar para pedir ajuda. Seu pai, para quem ele era um fracasso, seria em suas palavras "a última pessoa a quem procuraria para pedir ajuda, num caso desses". Ele se isolara, matando os sentimentos; pior, era único, jamais conhecera alguém que se sentisse assim.

Depressivos tendem a acreditar, claro, que existem pessoas não deprimidas, com mentes estáveis, habitáveis, e a normalidade torna-se um ideal pelo qual se punem. A Mill só restava perguntar por quanto tempo essa punição se arrastaria. Ele sugere que prefere morrer a seguir sofrendo de tamanha melancolia inexplicável. Contudo, ela mudou sua vida, funcionando como uma forma de rebelião que o conduziu à independência.

Para Aristóteles, a melancolia não era uma situação inútil, mas uma forma de pensamento, de indagação filosófica dolorosa. Mill nunca parou de ler, mas passou da história e da filosofia para a poesia, a arte e a música, a que chamava de "instrumentos da cultura humana". Encontrou alívio em Wordsworth, Coleridge e Byron. Ele viu que na cultura os estados mentais dolorosos encontravam abrigo criativo, e que existiam outros como ele, cujo sofrimento fora registrado para conhecimento geral. A seu favor, diga-se que Mill recusou transformar sua angústia em ódio, um caminho seguido por Enoch Powell, que desprezou os indianos de quem gostava e entre os quais viveu.

Aparentemente, o que trouxe J. S. Mill de volta à vida foi uma morte. O registro encontra-se numa passagem das *Memórias* de Marmontal, "que relata a morte do pai". Comovido até as lágrimas, Mill escreveu: "A partir daquele momento meu fardo tornou-se mais leve". Embora mal pudesse admitir, Mill sentia prazer em pensar que o reino do pai fora atacado. Ao mesmo tempo, ele sabia que para além da ordem do pai não havia instruções. Deixar a casa paterna significava enfrentar o mundo sozinho.

Meu pai tentara dar a si e a mim uma vocação; ele acreditava, como o pai de Mill em relação à educação, que ela seria suficiente para viver. Os pai querem dar "tudo" aos filhos. O que mais alguém poderia querer? Mas há estados mentais que eu principiava a experimentar, que me levavam a indagar se eu realmente era a pessoa que meu pai queria e pensava que eu fosse. Talvez ele tivesse confundido nós dois. Senti uma libertação similar à de Mill quando abri a autobiografia de Sartre, *As palavras*, e li a frase sacrílega: "Odeio minha infância e tudo que resta dela...".

Quando leio meu diário da época — final dos anos 1970 e início dos 1980 —, vejo ocasiões em que meus sintomas, fobias, medos e sensação de futilidade me incapacitavam. Eu era autocentrado, mas não pensava realmente em nada. Meu corpo parecia pesado, e minhas palavras eram leves. Não faziam sentido, pois o sentido fora deixado de fora. Conversar, calar, sair, ficar em casa, acordado ou dormindo, qualquer coisa que eu fizesse era vazia. "Meus niilismos", eu os chamava. Sentir desânimo desse modo em particular — que se volta contra si próprio — exige todo nosso tempo e energia. Essa condição se opõe ao que Nietzsche chama de "vida experimental" ou "espaço interno".

Eu gostava das mulheres, de seus corpos e de sua preocupação comigo. Elas gostavam de mim, às vezes. Eu tinha namoradas, mas chegava sempre o momento em que eu precisava fugir delas. Fugi das coisas que mais desejava. Gostava de pensar que era mais feliz sozinho. Chegava a tomar drogas sozinho. Ou me drogava sem dizer a ninguém, mas não a ponto de alguém notar; vivia num estado particular, fechava a mente. Temia ser sufocado, se não houvesse o suficiente de mim e houvesse demais dos outros; temia que eles tivessem mais palavras do que eu. Ou que as diferenças entre nós, e os argumentos que representavam, se tornassem insuportáveis. Ou que me deixassem furioso a ponto de eu explodir.

Sofri um bloqueio como escritor, sem saber o motivo. As palavras se acumulavam dentro de mim. Eu sabia que estavam lá, em algum lugar, mas uma lei qualquer que eu desconhecia as segurava. Se as palavras fossem libertadas, haveria conseqüências catastróficas. Uma coisa que deveria estar acontecendo não estava acontecendo.

Durante esse período eu sentia medo de não ter uma "voz" como escritor, não por ignorar que eu já possuía uma, mas por sentir vergonha dela, de meus desejos, ódios, paixões. Freud escreve freqüentemente que, em se tratando de vergonha, a pessoa não sente vergonha apenas por se masturbar, mas pelas fantasias — a satisfação dos impulsos eróticos imaginada agressivamente — que acompanham a masturbação. Escrever, entre outras coisas, é uma forma de ampliar a fantasia; e como a fantasia, o devaneio e a imaginação estão ligados, não surpreende que haja inibição.

Pode parecer esquisito, nesta época de intervenção farmacêutica, que alguém caracterize a depressão em termos de linguagem, e não do cérebro, como se o melancólico temesse o diálogo. Contudo, falar é uma forma de liberdade, e as palavras podem nos levar a qualquer lugar. O melancólico sabe disso, de certo modo, e há sentenças que ele não pode pronunciar, e outras que não deseja escutar. Melhor manter distância de tudo isso, fechar a cortina e trancar a porta.

Escrevi: "Preguiça, inércia, fracasso. Este colapso já dura seis meses. As engrenagens da mente não se ligam com o motor da ação. Meu pai diz que é a doença da classe média, uma forma de inutilidade". Pouco depois, isto: "Meu pai me disse que tem seis romances na cabeça, para serem escritos. Ele ainda está trabalhando, enquanto eu perambulo por West Kensington, sem fazer nada. Parece que fico preso nos quartos; não consigo sair".

A depressão funciona tanto como sintoma quanto como tentativa de solução. A morte — ódio contra si, desespero, isolamento — é um meio de suprimir ou tornar invisível o conflito. A depressão é uma espécie de "fixação" na correria da vida,

163

um jeito de encontrar um lugar seguro, acima da competição, que sempre se situa entre o desejo e a obediência. Os dois caminham juntos; um torna o outro possível. Contudo, a dor de viver em tamanha desarmonia é tão insuportável que o resultado pode ser uma doença enervante. Artistas e terapeutas querem definir o conflito em palavras. Mas a aprovação de meu pai a minhas palavras dificultava a minha produção. As palavras pararam de surgir, e palavras sem catarse tornam a pessoa pesada. Cheio de palavras sem uso, imobilizei-me. Queria escrever. Estava confuso. Talvez um modo de driblar isso fosse produzir palavras de que ele não gostaria, que fossem minhas próprias palavras — especificamente, palavras que parecessem uma ruptura para mim, mas que fossem necessárias.

Meu pai contou a história dele — escreveu romances —, mas se não houvesse ninguém para ouvi-lo, que significado independente suas histórias teriam? Seria igual a falar sozinho? Terapeutas de família e os que trabalham com grupos freqüentemente usam o recurso das histórias, falando e ouvindo durante o trabalho. Os pacientes podem verbalizar seus pontos de vista, encontrar suas próprias palavras, se "expressar". Falar é preferível ao silêncio, mas palavras sem resposta podem parecer inúteis. O escritor que fala a partir de si, nessa condição, empaca. São as únicas palavras que tem, e elas não são suficientemente boas: fazem parte de um círculo vicioso. Os sentimentos dele são muito intensos; as palavras que aplica a eles não conseguem dissipá-los. Ele precisa que suas palavras sejam reconhecidas de maneira libertadora, de modo a gerar movimento e novas idéias. Isso, claro, só é possível quando sua vida passa a lhe parecer insuportavelmente estranha. Escrevendo isso, lembro-me de uma das coisas mais úteis e significativas ditas na escola, pelo professor de marcenaria. Quando você entrou aqui, ele disse certo dia, espontaneamente, parecia feliz, cheio de vida e entusiasmo. Agora, cinco anos depois, parece desesperado.

Eu pensava que ninguém tinha percebido. A percepção útil, portanto, vê além do que você consegue, ampliando a personalidade. Contudo, ela só pode vir de fora, e se não existe nenhum Deus, como fazer para encontrá-la?

12.

Entre outras coisas, o romance de Philip Roth *The ghost-writer* é um livro sobre dois escritores. Depois de ter lido a história de um dos jovens protagonistas, e se horrorizado, o pai do rapaz o chama de lado e diz:

> Esta história não é nossa, e, o que é pior, não é nem mesmo sua. Eu o observei feito uma águia, o dia inteiro. Eu o observei a vida inteira. Você é um rapaz bom, gentil e respeitoso. Não é alguém capaz de escrever histórias deste tipo e finge que é verdadeira.
> Mas eu a escrevi. Sou o tipo de pessoa que escreve este tipo de história!

Roth, um judeu norte-americano cujos pais imigraram da Hungria, é um escritor cujas palavras foram consideradas escandalosas por sua família, pela comunidade e, às vezes, pelas mulheres. Foi minha namorada, a mulher com quem vivi em Morecambe, quem me apresentou a seu trabalho. Ela me disse que ela e uma amiga, além do nosso professor da faculdade, tinham se encontrado para encenar trechos de O *complexo de Portnoy* que envolviam uma banana. Não poderia haver maior elogio a um escritor. Procurei seus livros imediatamente.

A família imigrante e seu desejo de integração e respeitabilidade, o filho autocentrado pleno de desejos condenáveis e preferência por mulheres gentias eram coisas que faziam sentido para mim. A crença na educação e no aprendizado, o desejo familiar de que os filhos se tornassem médicos ou artistas — qualquer coisa, menos fracassados — bem como o assombro do filho com as esquisitices do pai, tudo me parecia imediatamente familiar. Não havia aqui bom comportamento forçado nem "aprovação"; o filho seria quem era e pretendia ser, sem inibição social. Pelo que sei, não há nada tão agudo, divertido e agradável na literatura inglesa.

Mesmo assim a obra de Roth, como ele explicou em *The ghostwriter* e em entrevistas, causou estrago. A família imigrante e sua comunidade, vivendo de forma precária no novo país devido à falta de dinheiro, acaba satirizada e atacada por um membro maluco que insiste em expô-los, alegando ser artista. Como muitos escritores, ao analisar sua condição e se tornar a consciência da comunidade, Roth se distanciou do grupo que o considerava um dos seus. Essa comunidade, conservadora e paranóica demais, a ponto de se prejudicar, com o tempo se recuperará, tornando-se requintada, elegante, chique. Deste lado do Atlântico, não parecia inevitável a existência de uma literatura asiático-britânica, tampouco que a cultura asiática impregnaria a vida britânica, assim como os judeus impregnaram a vida norte-americana, primeiro de um modo chique e depois prosaico, abrindo espaço para outros grupos étnicos. Mas ocorreu com relativa rapidez.

O isolamento da condição de escritor permitiu que Roth participasse de outro grupo, o dos artistas polêmicos. Ele aprendeu que a alienação judaica fazia parte de uma alienação mais ampla, particularmente entre os mais jovens. Racismo, colonialismo, imigração, assimilação, exílio, identidade: enquanto os desprezados, excluídos e marginalizados não parassem de falar, poderiam encontrar um lugar e uma platéia — o lar escolhido que meu pai sabia estar lá, mas nunca atingiu. Roth também promoveu artistas cuja fala estava bloqueada, os herdeiros de Kafka — escritores da Europa Oriental como Bruno Schulz, Borowski, Skvorecky e Kundera (cujos comentários sobre memória e esquecimento são particularmente pertinentes), que não haviam sido publicados antes em inglês. Esses escritores viviam num sistema no qual as mentes mais brilhantes de minha geração queriam acreditar, a única opção viável para o capitalismo. Esses escritores nos levaram a questionar nossas posições políticas, além de reintroduzirem a bizarrice e a experimentação literárias no realismo domingueiro ao qual nos acostumáramos.

Enquanto preparávamos *Sammy e Rosie*, Stephen Frears e eu visitávamos Claire Bloom, que vivia com Roth em Fulham, não muito longe de mim. Enquanto Frears e eu conversávamos com Bloom, Roth trabalhava, sentado do outro lado da sala, revisando provas. Sempre que eu o visitava ele estava escrevendo em seu bloco. Erguia a cabeça para falar e seguia trabalhando. Explicou que fazia um texto sobre a faculdade interiorana que freqüentara. A ficção não mais o satisfazia, alegou. No jantar, contou histórias sobre Capote e Arthur Miller, além de Singer, que segundo ele era o único escritor norte-americano vivo a ter uma rua com seu nome.

Eu havia publicado alguma ficção e relatos de viagens, estimulado por Bill Buford, editor da revista *Granta*. O envolvimento com a *Granta* em seu início, sob a direção de Bill, era, em termos de excitamento, como estar no Royal Court, ou no Riverside, ou no Canal Quatro no começo. Os escritores não só precisam de outros escritores para manter contato e trabalhar, eles precisam de editores, livreiros e uma cultura que os apóie. Jantamos com Richard Ford e Raymond Carver, escritores responsáveis pelo sucesso da *Granta*. E havia também o entusiasmo de Bill. Ele telefonava e sugeria viagens à Caxemira, Butlins, Brighton, Bradford. Quando eu redigia a versão inicial, e a revista estava em fase de fechamento, ele aparecia em meu apartamento com uma caixa de lápis, apontador e borracha, e repassava cada linha que eu enviara. Edmund White, que se considerava esteta e proustiano, disse que não se dava conta de ser um realista norte-americano nojento até conhecer Bill. Todavia, depois de Bill fazer sua parte e ir embora, eu me perguntava se, num mundo perfeito, eu gostaria que ele cortasse tanta coisa. Mas normalmente concluía que ele tinha razão em quase tudo.

Um conto escrito por mim, "O buda do subúrbio" — na verdade, o primeiro capítulo do que seria o romance de mesmo nome —, foi publicado no *London Review of Books*. Mostrei a Roth, apesar de suas queixas, similares às de muitos professores romancistas, de ter de ler os textos dos alunos. Ele mandou uma carta elogiando o conto. Sugeriu onde publicar outros e acrescentou algo significativo para mim: "Espero que você não se importe por eu dizer isso, mas tenho a sensação de que você pode transmitir seu mundo com mais força no papel do que em filme — há muito a ser dito sobre a precisão, no caso, precisão verbal, muito diferente de precisão pictórica, mais duradoura, em meu modo de ver, e peculiarmente mais precisa".

Um dia o diretor Peter Brook estava nos estúdios Riverside, entrevistando atores para seu projeto, a produção de *O Mahabharata*. Ele me fez perguntas sobre a Índia, onde eu estivera uma vez. Brook, conhecido por seu esforço de descobrir o que havia de vital no teatro, voltara-se para a África e para a Índia, para ver o que poderia aprender — coisa que escritores ocidentais, artistas plásticos e músicos como Miles Davis vinham fazendo havia muito tempo. Eu não poderia dizer muita coisa a Brook. Lembrei-me de meu pai, lendo Maugham e Shaw. Tendo sido criado no sistema colonialista, a cultura, para meu pai, era apenas britânica, e até certo ponto norte-americana — Hemingway e Fitzgerald; minha cabeça era um amontoado de comédias inglesas para televisão, literatura norte-americana contemporânea e música pop. Não era isso o que ele queria; procurava mitologia e simbolismo indiano. Por esse ponto de vista eu era um fracasso como indiano, uma farsa, e eu me perguntava o que seria para os outros, que se sentiam incomodados pelo que eu não era. Karim Amir, o protagonista de *O buda do subúrbio*, também trabalha com teatro e decepciona as pessoas de modo similar. Ele é exótico demais ou de menos. Brook se interessava pelo asiático como personagem cultural, enquanto o imigrante asiático real precisava ser privado do prazer cultural e sexual para se firmar no novo país. A idéia era que seus filhos e netos viveriam com prazer — ao menos aqueles que não se tornassem fundamentalistas, em homenagem aos sacrifícios de seus pais.

Escrever peças e roteiros me ajudou a ganhar confiança como escritor, segurança quanto ao texto, mas era um trabalho mediado por diretores e atores. Como adulto, eu não havia escrito um romance inteiro. O sucesso de *Minha adorável lavanderia* mostrou a mim e a outros que tais assuntos interessavam ao público. Stephen Frears, diretor do filme, ajudou-me bastante como escritor, estimulando meu senso de humor e indecência. "Faça baixaria", ele dizia. Frears gostava de anedotas e queria dirigir filmes alegres, para cima; tendo trabalhado no Royal Court com George Devine, ele também considerava parte de sua tarefa mostrar em seu cinema aspectos ocultos e ignorados do cotidiano inglês.

Essa atitude fez parte de meu trabalho por um tempo e influiu no primeiro romance, *O buda do subúrbio*. Foi uma tentativa de colocar todas as minhas experiências em livro, pensar num jovem meio-indiano em relação a um mundo branco específico. Foi publicado em 1999 e vendeu bem; foi traduzido para trinta idiomas e virou série de televisão.

Papai disse ter gostado de *O buda*, mas não o considerava tão bom quanto seus livros, que seriam "mais profundos". Se o considerou um retrato seu desconcertante, não falou nada. Como já foi dito, ele se dedicava havia anos a descrições do pai. De todo modo, o sucesso de *O buda* estimulou meu pai a se dedicar mais à escrita e a lutar para ver seu trabalho publicado. Se eu podia conseguir isso, ele também. Creio que foi assim que *Uma adolescência indiana* foi parar nas mãos de minha agente.

Mas meu pai continuava doente. Ele deve ter passado anos em casa, de pijama. Morreu de ataque cardíaco em novembro de 1991. Estava internado no hospital Brompton, sem camisa, com o corpo antes magnífico abatido pela doença, marcado por cicatrizes e pontos das diversas cirurgias, o tórax e o estômago inchados e moles, os pêlos do peito brancos. Sua morte veio inesperadamente; estávamos sempre com ele no hospital; aquela era apenas mais uma visita. Mas ele havia morrido e lá estava eu, no meio da rua às cinco da manhã, tomando tranqüilizantes, para sempre sem ele, enquanto minha mãe dizia: "Eu só queria que ele tivesse voltado para casa".

Nem bem se acomodara naquele lugar familiar, o leito hospitalar, pensando que se recuperaria em breve, ele despejou seus projetos, planos e questões. Nunca parou de me atormentar a respeito do que eu pretendia fazer, como se sem ele eu também fosse morrer. Ele se sentava na cama, às vezes, com as mãos postas no colo ao estilo budista, tentando fazer seus exercícios respiratórios com a máscara de oxigênio no rosto.

Naquela manhã fui para casa, deitei-me na cama e lá permaneci. Morava sozinho na época, rompera com minha namorada recentemente. Não tinha filhos nem amigos com quem pudesse contar. Não vi ninguém por quatro dias. Eu havia dirigido um filme, *London kills me*, que ia estrear em breve. Contava a história de um rapaz brilhante mas confuso que lutava para viver melhor.

As comunidades, em sua maioria, possuem métodos e rituais públicos e familiares para prantear os mortos, procedimentos que marcam o início do processo de distanciamento. Não temos nada disso. Nem sabíamos se meu pai queria um funeral islâmico ou não. Consultando meu diário daquele período, encontro principalmente relatos sobre o consumo de drogas e álcool: cocaína, nitrato de amila, ecstasy, álcool, maconha, como se tentasse matar alguma coisa, ou me trazer de volta à vida. Morava num apartamento grande, dúplex, em Baron's Court, no oeste de Londres, com vista para as quadras de tênis do Queen's Club. Mas dormia no porão, um daqueles locais londrinos em que se vêem os pés e pernas dos passantes, deitado na cama. Pela manhã eu ficava ali deitado, pensando no que tomaria naquele dia, de onde viria a droga, e em como faria para me deitar de novo, quando estivesse chapado, e dormir. O ciclo continuaria. Era um serviço sem folga.

Passei a acreditar que meu estado mental predileto era chapado. Eu acordava e mal via a hora de me drogar de novo. O melhor meio de sobreviver — livrar-se da ansiedade, dos medos, do ódio — parecia ser perder a mente de vez. Liberto do comando autoritário de meu pai, da escrita como solução, as drogas permitiam que eu falasse com os outros, mesmo de modo fragmentado. Mas as soluções antigas não podiam mais funcionar. Eu freqüentava bares locais com caras negros e moças brancas, além de rapazes elegantes de "camisa pólo cinza, óculos de aro de tartaruga e cabelo curto bem cortado" — uma descrição acompanhava essa revelação. "Eu me sentia muito mais velho que qualquer outro, lá, e pensava na minha obsessão pela música pop, para jovens."

Como papai, eu sempre me interessei por meditação, e descobri que era uma boa maneira de começar a escrever de manhã. "Acomodado" eu podia me ouvir sem censura nem interrupção, dedicar-me à incessante "conversa livre" interna, até que se esgotasse. Esse fluxo de associações e exigências embutido nelas revela a personalidade à pessoa, levando o conflito ao âmbito do discurso significativo. Esse conhecimento é terapêutico. Uma criança insistente, se for ouvida e reconhecida, deixa de ser desvairada.

Suponhamos porém que as personalidades ouvinte e falante sejam tão autodestrutivas, distanciadas ou perturbadas que essa forma de atenção benigna se torne impossível. Após a morte de meu pai vejo em meu diário frases como "fantasias violentas; idéias suicidas"; "nunca me contestei como agora"; "Mentalmente no limite, pensando que mandaram automóveis com assassinos para acabar comigo".

Se os loucos forem as pessoas que ninguém quer escutar, nem ficar com elas, o que dizer de quem não suporta ficar consigo mesmo? Situação perigosa. Meditação não resolve isso, quando só escutamos estática, ruído, caos. Nem os livros, pois acabamos enlouquecendo ou nos matando, ou conservamos sanidade suficiente para chamar um médico — chamar outra pessoa para entender nossa pessoa. Meus pais descreveram o mundo externo como hostil e perigoso. Eles me queriam seguro em casa com eles. Mas a antiga segurança não era mais segura.

Pouco tempo depois da morte de meu pai, comecei a freqüentar a mesquita. (Consulto meu diário, que diz: "Bebida e drogas a semana inteira, além de uma visita à mesquita".) Eu havia visitado uma mesquita no Paquistão, como turista, mas me recusava a acompanhar os primos às sextas-feiras. Meu pai comentara a monotonia de sua infância, quando tinha de aprender o Corão de cor, e ser surrado com varas pelos *mulvis* locas. A adesão de meus primos à fé me surpreendia; os pais deles, pelo que sei, eram basicamente secularistas. Mas em Karachi tive uma conversa interessante com Sattoo, quando ele me perguntou se eu era muçulmano. Embora deixasse claro que uma pessoa inteligente não aceitava as superstições, e que um sábio não poderia perdoar as atitudes moralistas, ele acreditava numa adesão básica. Quando eu disse que não, que não fazia sentido para mim, ele se mostrou surpreso, ou melhor, triste, como se eu me afastasse de algo importante por capricho, e me situasse numa espécie de limbo espiritual. Ele vivia num mundo no qual a religião era indispensável; era preciso encontrar um meio-termo, pois recusá-la totalmente seria impossível.

Comecei a visitar mesquitas locais, e escrevi:

A área de oração situa-se no porão de uma mansão do oeste de Londres. Trata-se de um salão comprido, de teto baixo — um anexo — com aberturas ovais no alto, para a entrada da luz. A reforma ficou pela metade. Leio apelos na parede, um dos quais diz: "Defenda sua entrada no paraíso, doe generosamente para o fundo da Mesquita". Um norte-americano sentado a meu lado apresentou-se, sentamos e conversamos. Ele me perguntou se eu era muçulmano, o que considerei meio estranho, pois estávamos numa mesquita.

Fui apresentado ao imã, que vive na parte de cima. Era um sujeito simpático, gentil, de barba preta e casaco verde comprido. Ele me deu um folheto sobre o islã. Enquanto ele tentava conversar comigo entrou um sujeito furioso e começou a discutir com o imã sobre a reforma da mesquita, dizendo por que você a entregou a um *kaffir** em vez de dar a obra a mim, que a faria para Alá. Seu orçamento foi muito alto, retrucou o imã.

Eu sabia que precisava tirar o sapato, fora isso não tinha a menor idéia do que deveria fazer lá: meu pai nunca havia me mostrado. Imitei os outros, percebendo que gostava do rosto dos homens: muitas raças e tipos diferentes, juntos no mesmo lugar. Não era a crença que eu procurava: já acreditava na cultura e no amor como a única salvação possível, e o islã pós-*fatwah* não me parecia compatível com imaginação combativa de qualquer espécie. Creio que buscava solidariedade, queria ver se havia uma parte muçulmana de mim, separada de meu pai, para saber se pertencer àquele grupo poderia ser, em algum aspecto, importante ou terapêutico.

Não encontrei música, histórias ou comunidade, como na igreja, quando criança. Vi ideologia e fundamentalismo, jovens a defender opiniões radicais, irracionais e violentas, assim como a incapacidade de utilizar ou valorizar as formas mais básicas de raciocínio. Era desconcertante: não se dava atenção à vida interior, ela fora politizada. O comportamento era importante; o pensamento, não.

Mas eu tinha curiosidade de saber por que isso estava acontecendo, e passei a ir lá com freqüência, bem como à faculdade local, onde conheci um grupo muçulmano. Foi perturbador testemunhar tanto ódio. As fantasias se estraçalham nas rochas do mundo real, como é de se esperar. Mas não havia ali nada similar ao mundo "objetivo"; tudo não passava de uma sala de espelhos de um culto ao ódio. Ouvi as arengas mais pavorosas sobre

---

* Em árabe, *kaffir* é "infiel". O termo é considerado pejorativo, designa negros não-muçulmanos em geral e bantos em especial, tanto em inglês quanto em português. (N. T.)

mulheres, gays, Ocidente, liberalismo, e fiquei com a impressão de que nem mesmo os divulgadores dessa visão acreditavam nela, como se fosse uma forma de sátira, e todos já soubessem de antemão que não passava de cortina de fumaça. O niilismo só contribuía para a futilidade. Deixei de lado aquela gente furiosa, que condenava a impureza, como se nada tivesse valor.

Meu pai, cujo pai era ocidentalizado, freqüentemente comentava que se sentia alienado na Índia, com suas inúmeras religiões e superstições excêntricas. Achoo também alegava que um "intelectual" não se encaixava. Eu também não ia me perder naquilo; não queria. Mas, caso separasse a ideologia dos indivíduos, se atingisse a pessoa atrás do ódio, poderia descobrir histórias. Comecei a trabalhar em O *álbum negro* e no filme *Meu filho, o fanático*.

Foi mais ou menos nessa época — talvez ainda em busca de pai, um ano após a morte do meu — que visitei V. S. Naipaul em Salisbury. Ele estava entre os primeiros escritores das "minorias" a ter seu valor reconhecido; nunca havia sido marginalizado ou folclorizado. Antes da "world music", alguns escritores — Sartre, Garcia Márquez, Grass, Bellow, Atwood, Kundera, Gordimer, além de Naipaul — eram lidos em todos os países e transcendiam sua identidade nacional específica. A possibilidade de conhecê-lo me provocava ansiedade. Não havia nada de pop ou escabroso na obra de Naipaul; faltava a ele o constrangimento sexual e a atitude anos 1960 de Roth; e ele parecia um imigrante deprimido e deslocado, perdido numa cidade do pós-guerra, incapaz de localizar uma porta pela qual tivesse coragem de passar. Tudo que via o decepcionava, invariavelmente. Logo isso se tornou uma atitude. Surpreendentemente, em pessoa ele era atencioso e simpático; como muitos escritores — como Tchecov, imagino —, era mais alegre que seus livros.

Depois de me perguntar se eu queria jogar tênis — imaginei que me derrotaria facilmente, como fazia meu pai —, ele me disse que trabalhara naquela manhã, mas que a melhor parte de sua obra já havia sido escrita. "Está lá; já foi completada." Contudo, como gostava de escrever, ele prosseguia. Aquilo me interessava, pois eu já me dava conta de que, depois de certo ponto, muito de nossa vida pertencia ao passado, e começávamos a dizer fiz isso mas não aquilo. Somos forçados a perder a esperança de outras possibilidades.

Mesmo assim eu lhe disse que um escritor não podia saber qual era sua melhor obra, ou se qualquer livro seu interessaria a alguém. Talvez não faça diferença, de qualquer maneira. Naipaul acrescentou que às vezes leva anos até que um livro chegue a quem realmente o compreende, e que o tempo não era o problema. Os livros podem esperar muito tempo, aguardando os leitores adequados, ou não.

Gostei de conversar com ele e mandei-lhe longas cartas a respeito de meu pai, do pai dele e de escrever, talvez meio absurdas. A seu favor, digo que ele não me ignorou, ligando para conversar sobre o romance como forma essencial do século XIX. Isso significa que ele procurava a melhor estrutura para suas idéias, que atualmente chama de "meditações". Buscava uma nova maneira de escrever. Isso me lembra que nas raras ocasiões em que tiro fotografias agrada-me qualquer coisa que contenha um fragmento do mundo em forma original, uma forma que reflete meu modo pessoal de ver, e que me surpreende. Eu tinha a impressão de que Naipaul perdera o gosto pela criação de personagens e por contar histórias, como se houvesse algo de questionável nisso, como um ator que considera abaixo de seu nível se vestir e fingir que é outra pessoa, quando existem coisas mais importantes que ele deveria estar fazendo.

Enquanto escrevia este livro senti falta de fazer ficção, da deliciosa liberdade de ser outro, quando qualquer coisa pode ser dita e feita pelos personagens, libertos de qualquer fidelidade ao real. Senti saudade do divertimento e do devaneio prazeroso de me projetar em figuras inventadas, bem como dos desafios técnicos de criar uma história, de fazer algo tão desnecessário e mesmo assim importante.

Tchecov aconselha escritores a manter distância dos personagens, permitindo que estes levem uma vida tão independente quanto possível, sem dizer ao leitor o que pensar a respeito deles. Para um escritor, liberta e assusta recusar a onisciência, permitindo que os personagens falem por si. Contudo, fantasiar livremente pode até causar vergonha em alguns, por ser tão agradável.

Os personagens de Tchecov gostam de conversar: só fazem isso; nunca param de nos dizer o que sentem. Suas peças se assemelham a monólogos sobrepostos. *As três irmãs*, que Tchecov escreveu em 1900, ano da publicação de A *interpretação dos sonhos*, começa com a morte do pai e duas mulheres que falam sobre a memória. As irmãs, educadas e intensamente frustradas, queriam estar em outro lugar — na cidade, de preferência —, e poderiam ter estado entre os primeiros pacientes de Freud. Transmitem uma impressão de paralisia, o que levou Tolstói a dizer a Tchecov: "Para onde você leva suas heroínas? Do sofá onde descansam ao quarto dos fundos". Tolstói, como Tchecov, Ibsen e Wilde, punha as mulheres no centro de sua obra. E, assim como Tolstói, Tchecov via que a frustração dessas mulheres ocultava outros sentimentos. Num conto anterior, escrito em 1891, "O duelo", uma jovem chamada Nadyezdha é "possuída pelo desejo; respirando, olhando, caminhando, ela não sentia nada além de desejo".

Tchecov queria evitar a tirania de decidir de antemão o valor da vida das pessoas; juízos de valor não o interessavam — levavam as conversas e paixões a um impasse. Mas o fluxo de revelações pessoais o interessava; Freud era similar. No universo de Tchecov não havia Deus, e para ele inexistia uma posição objetiva. Ninguém poderia se pronunciar sobre seu valor ou importância. Isso lembra Beckett, pessoas falando interminavelmente, à toa, pois não resta nada melhor a fazer. Enquanto os personagens de Dostoiévski eram loucos, os de Tchecov eram neuróticos. Seus personagens, a exemplo de meu pai, buscavam um modo ideal de viver, que finalmente lhes propiciaria, quando fosse encontrado, a felicidade. Sob certo ponto de vista suas vidas parecem fúteis, mas por outro lado eles se movimentam, buscam vidas melhores num meio que pouco oferecia às mulheres.

Os contos de Tchecov são "formas livres". Poucos foram escritos de um tamanho determinado, ou com um tema capaz de satisfazer o mercado. Emergiam de uma necessidade interior. Para ele, significado e importância podiam ser encontrados em qualquer lugar, como na vida cotidiana, em oposição a momentos dramáticos. Tchecov preferia se considerar um escritor cômico, o que intriga, pois seus personagens são sempre infelizes. Não que tenham "problemas" ou "dúvidas", no sentido em que entendemos essas coisas. Eles são assim — do único jeito que poderiam ser — e seu desespero vem da própria essência da vida. Freud foi mais radical: recusava-se a aceitar isso, tendo aprendido com seus pacientes que certas formas de discurso modificavam a vida das pessoas. Freud queria reatar as pessoas e suas paixões esquecidas, cujo vigor ou Eros lhes permitiria viver melhor.

Philip Roth, num ensaio escrito no início dos anos 1960, alegava que a realidade norte-americana era demais para qualquer escritor. A realidade superava a ficção, e não deixava nada para o escritor dizer; era sempre muito pouco e muito tarde, em comparação com as aberrações contemporâneas. Sem dúvida, a julgar por *Portnoy*, a vida interior de Roth o esmagava mais do que o mundo. O que quer que ocorresse nos Estados Unidos era irrelevante em comparação com sua confusão pessoal. Mas ele parece admitir que não se pode escapar dessa condição escrevendo. A escrita pode ser terapêutica: parece que Freud conduziu sua própria análise por escrito, em vez de convocar outra pessoa. Em *A interpretação dos sonhos*, ele nos revela que é capaz de adotar "uma atitude de auto-exame acrítica [...] ao escrever as idéias quando elas me ocorrem". Mas, para a maioria de nós, quando se trata de auto-exame, não se chega muito longe até surgir a necessidade de ouvir uma voz externa. Se houver omissões, metáforas inconscientes reveladoras ou atos falhos na fala, quem os ouvirá? De todo modo, por que Roth se preocuparia em captar a realidade norte-americana, se ela já existia dentro dele? Certamente ele sabia que bastaria falar, e ela sairia. Ele era a realidade norte-americana.

Meu tio Achoo ouvia crianças insanas. Ele me disse que eu tinha um "inconsciente"; às vezes, ele me hipnotizava, e eu continuei interessado em hipnotismo, freqüentava espetáculos sempre que podia, e muitas vezes tentava me hipnotizar, contando de cem a zero e andando pelo apartamento com os braços estendidos para a frente. Certo dia, convencido não só de que ia ficar louco, como também de que isso ocorreria em poucas horas, visitei um hipnotizador local que trabalhava num apartamento cedido pelo governo. Ele me disse que a terapia freudiana demorava muito e freqüentemente não adiantava nada. De todo modo, Freud era um viciado em cocaína que fizera a filha virar lésbica. O hipnotizador disse que o comportamento era uma questão de padrões que poderiam ser reorganizados. Em vista disso, pareceu-me que a moderação das alegações de Freud era uma bênção. O hipnotizador me levou a um transe parcial, mas não fez nada por mim, exceto me ajudar a dormir. O que me interessava disso tudo, percebi, era a influência de uma pessoa sobre a outra — suas paixões mútuas, campo de atuação tanto do romancista quanto do psicólogo.

Cerca de um ano após a morte de meu pai, escrevi em meu diário: "Tenho fantasias de ser um pai ortodoxo e comum numa família suburbana", embora já tivesse chegado a um ponto sem volta. Quando pensava em ter meus filhos, sentia um bloqueio; um pai na família sempre me pareceu mais do que suficiente. De qualquer maneira, quando papai ainda vivia eu ainda era parcialmente criança. Fiz psicanálise quando me dei conta de que não poderia ver tudo sozinho, interpretando meus sonhos, compreendendo meu desejo, assim como não conseguia ler criticamente meu texto. Meu discurso, em geral para mim mesmo, não fazia sentido. Por dias, e noites de insônia, eu me perdia em cenários familiares e repetitivos, confrontos com autoridades em que eu me sentia impotente, sem palavras, incapaz de me safar, eram situações traumáticas que deviam ter acontecido antes, embora eu não me lembrasse delas. Era como se alguém ali perto tocasse uma música muito alta, sem que eu pudesse controlar. Nessas situações só podemos perguntar: a quem nossa mente pertence realmente?

Para Freud, a psicanálise começa onde termina, ou falha, o hipnotismo. Telefonei a um amigo que começara a se consultar com um jovem analista. Esse amigo e eu passamos a nos encontrar para um drinque no final das sessões. De repente, ocorriam longos silêncios no meio da nossa conversa, o que me incomodava. Eu não gostava da idéia de ficar sentado em silêncio, me sentia esquisito, como se estivesse em casa, à mesa de jantar, onde o silêncio servia como complemento da fúria. Mas aprendi a considerar o silêncio apaziguante, como se as pessoas meditassem juntas. Ele me deu o telefone do analista, que tinha a mesma idade que eu.

O analista havia publicado livros recentemente. Não encontrei lá uma austeridade européia intimidante; ele vivia numa confusão que eu conhecia bem, com livros e CDs espalhados no chão, formando pilhas precárias. Não havia sala de espera; os pacientes às vezes trocavam olhares no café vizinho. Eu me deitei no sofá gasto que acabaria por conhecer muito bem, com uma mola a me pressionar as costas e o odor do perfume do cliente anterior nas almofadas, e disse: "Eu me sinto agressivo, morto e congelado". Seguiu-se o silêncio. Algo importante começara. ("Em *My life as a man*, Roth escreveu: "Seguiu-se um silêncio longo e opacamente eloqüente o bastante para satisfazer Anton Tchekov".)

Além de *O complexo de Portnoy*, *O apanhador no campo de centeio* também usou o romance como confissão a um terapeuta. Eu achei que ouviria o analista de Roth, dr. Spielvogel, dizer "Agora podemos começar, não é?". *A redoma de vidro, Um estranho no ninho* e *A fan's notes* tratavam todos de colapsos nervosos e instituições destinadas a controlá-los. O monólogo — forma respeitável da associação livre — que usei em *Intimidade* era um modelo familiar para mim. A obra de Bellow, Beckett, Kerouac, Ellison, autores muito mais masculinos, menos interessados em mulheres que Tchekov, Freud e outros, no fundo não passa disso. Esses autores atuaram numa época de envolvimento político e tumultos, mas o escritor dificilmente consegue se ver como parte de um grupo, por mais que se solidarize com a classe operária.

Recordo-me das palavras de Nietzsche: "Toda ampliação do conhecimento deriva de tornar consciente o inconsciente". Escritores e psicanalistas podem ser invejosos e competitivos, acreditando possuir a última palavra em termos de condição humana; uns e outros tentam penetrar no interior da psique usando um instrumento semelhante, palavras. Joyce mandou a filha para Jung; entre outros sintomas, ela se recusava a falar. O próprio Joyce, que raramente parava de falar, recusou ser analisado por Jung e escreveu em *Finnegans Wake*: "Oh, pelamordedeus, não quero nenhuma co-opinião médica experta do seu mambo jambo, e eu posso me pseco-analisar sempre que quiser (dane-se!) sem a sua ajuda ou de algum outro punguista de mentes".

Uma folha em branco é como o silêncio do analista, igualmente provocante e no fim tão reveladora das dimensões da personalidade e do desejo quanto ele. Alguns artistas temem que, ao acender a luz na escuridão essencial, o analista possa roubar-lhes os poderes. Os artistas não são saudáveis. Sua arte é a doença. Contudo, o risco de perder a criatividade por causa da análise é igual ao de perder a sexualidade ou o amor pelos filhos, pelo mesmo método. O fato é que muitos artistas querem se curar de serem artistas, da obsessão que estrutura sua criatividade, uma obsessão que na essência é tão perturbadora quanto qualquer outra compulsão ou dependência. A maioria dos artistas trabalha continuamente, sua produção raramente cessa, e se isso ocorre provoca muita ansiedade e perda de sentido. A liberdade de ser artista, por mais gratificante que seja, é mais uma forma de servidão ou escravatura, como meu pai bem o sabia. Se a vida e os humores de meu pai foram determinados pelo horário dos trens, a vida de um artista é controlada por um relógio internalizado, igualmente rigoroso.

Freud chamava a análise de pós-educação, o que soa como um curso de extensão universitária; mas seu método consistia também numa desconstrução implacável da autoridade, dos pais, ditadores, líderes, e de nossa necessidade de tê-los. Sandor Ferenczi, amigo e um dos primeiros colegas de Freud, escreveu a respeito de colocar o analista-pai no lugar tanto do pai real quanto do imaginário. Seria uma fase de transição, enquanto se aprende a viver sem os consolos e proibições da autoridade. No final, examinando todas as curas possíveis, vejo que o que cura é o amor: amor pelo conhecimento, amor pelo grupo e seu líder, e, na análise, amor pelo analista, que o redireciona para longe de si, no rumo de um novo amor pelo mundo.

Saí de casa quando meu pai tinha cinqüenta anos e eu, vinte. Aos cinqüenta meu pai ainda tentava viabilizar a vida que acreditava ter diante de si, se pusesse as palavras na ordem certa. Eu gostaria de conversar com ele a esse respeito, e já tentei escrever várias vezes a história de um homem que vai ao pub comemorar seu aniversário de cinqüenta anos e encontra lá o pai, que também tem cinqüenta anos. Assim, os dois travam uma conversa de igual para igual pela primeira vez, e o filho vê o pai como um homem igual a ele. O filho é gay, produtor teatral, e o pai vai se encontrar com a amante. Não consegui escrever uma única frase do diálogo entre eles; entretanto, vejo os dois caminharem em sentidos opostos, no final.

Quando tentei escrever, as lembranças de meu pai desvaneceram; não pareciam importantes; deixaram de me assombrar. Mas não é verdade. Creio que sonho com papai e outras figuras paternas pelo menos uma vez por semana, inclusive sonhei ontem à noite, quando nós dois estávamos na casa da família, no subúrbio, revirando armários. Lá estava ele, um fantasma, tangível como nunca. Ontem, meu filho Carlo — de camiseta de futebol e touca de lã, praticando golpes de caratê e falando em tocar bateria — conversava comigo a respeito da velhice. Enquanto discutíamos, pensei que estaria morto faria muito quando isso ocorresse, eu mesmo um fantasma, insepulto para ele, a assombrá-lo, e talvez a seus filhos, de um modo que nenhum de nós podia prever. Brian tem cinqüenta anos, quase a minha idade. Ainda somos amigos; ele é uma das pessoas com quem mais gosto de estar, zanzando pela cidade, bebendo no final da tarde. Nos velhos tempos os bares viviam cheios de velhos que se queixavam da vida. Agora, somos nós. Não sei quais são os problemas mentais de Brian, mas anos de bebedeira e o que ele descreve como "o amor morno" da heroína só conseguiam ocultá-los por um momento, e quando ficava sóbrio eles retornavam e o deixavam isolado, contrariado, frustrado e muito mais velho. Curiosamente, ainda invejo Brian mais do que ele me inveja. Ele vê meus livros na vitrine e diz: "Você não desperdiçou seu tempo; a vida de escritor vale a pena. Ao contrário de mim, você deu sorte com seu pai, ele acreditava naquilo que você pretendia fazer".

Eu adorava sua companhia e levei um tempo para perceber que não podia contar com ele como amigo, para apoio e compreensão. Um amigo, mesmo do tipo irmão gêmeo, não é o bastante. Vejo agora que Brian lembra meu pai, em seu charme subversivo, nas coisas que diz, pois ficamos com vontade de anotá-las ou pensar nelas mais tarde. Mas também na maneira como invoca esperança e crença no outro, a seu favor, e depois decepciona. O que o intriga profundamente é o fato de que, como meu pai, ele acabou levando uma vida pior e mais frustrante que a de seu próprio pai, apesar de ter tido mais oportunidades. Brian é como alguém que não consegue acreditar que as coisas acabaram assim, como se tivesse havido algum equívoco.

Fazer cinqüenta anos significará, creio, enfrentar meu pior aniversário, principalmente por eu gostar cada vez mais do mundo à medida que o tempo passa. Ainda quero fazer muitas coi-

Autor, Kier, Sachin, Carlo

sas, mas não parece ser um problema de sobrevivência, como antes. Quando observo meus filhos crescendo, penso em meu pai e em Omar juntos, na infância, praticando esportes, discutindo por causa das moças, conversando sobre o que liam; e depois, transcorridas suas vidas, um com o nome em vários livros publicados e o outro — papai — um fracasso nesse aspecto, enquanto seu filho escreve este livro, tentando juntar tudo.

13.

Este projeto deveria acabar aqui: escrito em sua maior parte, parcialmente revisado, parágrafos finais mais ou menos como eu os queria. Foi uma tarefa árdua, em parte porque o livro começou como ensaio, antes de se tornar uma espécie de improviso. Eu queria trabalhar em outra coisa, tinha em mente um filme ou o grande romance que preparo há anos, para o qual tenho centenas de páginas de anotações. Quando dou algo por terminado, minha reação instintiva não é descansar, ler, pensar e caminhar, mas sim começar outro projeto, preencher o espaço, mantendo afastadas a ansiedade e a futilidade — ou outros terrores desconhecidos.

Antes que eu pudesse reiniciar meu processo de escrita, porém, Monique e eu pensamos em levar Kier a uma viagem rápida até Hastings, na costa sul, onde o coronel Kureishi e alguns de seus filhos residiram.

Levamos quatro exaustivas horas para chegar lá. Nenhum de nós agüentava mais ficar no carro; resolvemos passar a noite por lá, num hotel. Foi mais difícil do que imaginávamos. Conseguimos um quarto, finalmente, e descobrimos que naquela noite haveria um desfile à beira-mar, seguido de fogueira na praia e queima de fogos. O tempo estava bom, a praia limpa, o mar faiscava, o píer era convidativo. O barman do hotel disse que estávamos no meio do veranico; mas Hastings tinha atrações o ano inteiro, acrescentou — campeonato de boliche de olhos vendados, encontro de ciclistas, concurso de pregoeiros, para o qual vinha gente do país inteiro. Vi na avenida beira-mar cartazes anunciando que Elkie Brooks e Des O'Connor se apresentariam ali em breve.

Enquanto esperávamos o desfile, entrei num pub lotado para assistir a um jogo importante, Inglaterra contra Turquia, nas eliminatórias para o campeonato europeu. Beckham perdeu um pênalti, que chutou para fora. No pub turbulento jovens brancos com a camisa da Inglaterra torciam. Gritavam aos jogadores do outro time: "Eu preferia ser paqui do que turco".

O desfile e a queima de fogos foram bárbaros. Na manhã seguinte retornamos por Sussex e Kent, para visitar minha mãe. No jardim, comentei com minha mãe que ele parecia maior agora, depois que os canteiros foram revirados e cobertos de grama; ela me disse que isso foi feito em 1971. O abrigo antiaéreo continuava lá, e o mostrei a Kier.

Eu queria rever as fotos da família: o coronel Kureishi e meu pai na frente do Marine Court em St. Leonards, perto de Hastings — o coronel Kureishi usava terno e chapéu; eu o classificaria como chapéu de gângster, muito chique, e papai sempre admirara bandidos e pistoleiros, pelo menos nos filmes. Havia outras fotos, de meus pais comigo na praia, em Hastings. Minha mãe e eu reclamamos um do outro a Monique, que logo se cansou de nossos venenos e discussões. Perguntei novamente a minha mãe a respeito das oitenta páginas que faltavam no romance de papai. Ela balançou a cabeça e disse que não sabia nada a respeito das páginas misteriosas. Informou ter encontrado outro livro, que estava lendo. "A ortografia é terrível", disse. "Está na sala ao lado."

Era um original, mas não como os outros. Para começar, papai escrevera o livro à mão ou o datilografara em folhas A4 cortadas no meio. Creio que usando páginas menores ele precisaria redatilografar menos. As partes manuscritas haviam sido rabiscadas no verso de cartões de Natal ou de convalescença, além de folhetos de diversas instituições espiritualistas. Era realmente um livro feito à mão. Ao folheá-lo encontrei nomes de personagens de *Uma adolescência indiana*. Minha mãe disse que eu poderia levá-lo; em troca eu disse que mandaria emoldurar uma de suas pinturas. Ela repetiu, como sempre: para onde quer que a gente olhe, avista livros — nas casas, bibliotecas, estações de trem. Por que um deles não podia ser de seu pai?

O original, pelo jeito, era uma versão inicial de *Uma adolescência indiana*, contendo material que papai provavelmente deixou de fora da obra acabada. No carro, a caminho de casa, conversei com Monique a respeito do que fazer com o material, reclamando por ter de retornar ao livro, agora chamado *My ear at his heart*, para incorporar o novo texto. Insisti no quanto seria cansativo fazer isso, bem na hora em que eu julgava o livro pronto. No final ela me fez calar, dizendo: leia primeiro, depois decida como proceder.

Levantei cedo e comecei a ler. O livro não tinha nome e na primeira página li o alerta: "Versão Inicial. Não-revisado". O conteúdo era familiar. Shani e Mahmood discutiam por causa de uma bicicleta que o coronel Murad adquirira para Mahmood. Como antes, o pai protegia Mahmood, forçando meu pai a usar os pijamas velhos do irmão. "Mahmood era o preferido dos pais." Quando meu pai reclama, leva bofetadas do pai, ou surras de cinta, atitudes que não se encontram na versão chamada *Uma adolescência indiana*.

Não tardei a perceber que não era uma versão inicial ou modificada do mesmo livro. Para começar, meu pai é mais novo: tem doze anos, e Mahmood quinze; a ação transcorre em Poona, antes da mudança para Bombaim; e ele foi escrito depois, provavelmente no final dos anos 1980. Meu pai acreditou a vida inteira que escrever mais ajudava a melhorar o texto; o crescimento era inevitável. O novo livro era certamente superior ao outros, mais bem organizado, com cenas eficientes, vivas. Todos os livros de papai são basicamente associações livres e chavões misturados. O que papai não faz, ou não queria fazer, é criar uma narrativa para cada personagem. As pessoas entram e saem como ele deseja, sem lhe ocorrer que o leitor se interessava por sua história. Deve ser essa a diferença entre alguém escrever para si e para os outros lerem. Desta vez, contudo, creio que será mais difícil minha condescendência em relação a meu pai.

Nani, a avó materna, é um personagem importante, mais presente desta vez. Papai ignora sua idade, mas a mãe de Nani "enfrentou os horrores da Primeira Guerra de Independência, em 1857". Ele conta: "Nani era da Caxemira e passou a juventude nas montanhas escarpadas, cobertas de neve". Ela compraria uma bicicleta para Shani, se ele quisesse, mas ela e o coronel Murad não se davam.

Além de Nani, quem apoiava papai na casa era Radna, a filha de doze anos de um serviçal, com quem meu pai gostava de brincar. Papai vai vê-la: "Radna está sentada num tapete, na frente de um casebre de madeira. Na frente dela havia um monte enorme de arroz, que escolhia, removendo meticulosamente pedrinhas e outras impurezas, que jogava na grama".

Mahmood implica quando o irmão brinca com os criados, e os filhos dos empregados não podem entrar na casa da família. Shani queria uma bicicleta, mas Radna contenta-se com uma corda de pular, que apanha dentro do casebre. Shani olha para ela. A menina descalça usa um vestido de linho rústico folgado. Enfeita-se com brinquinhos de ouro e uma argola no nariz. O cabelo preto longo foi tratado com óleo. No meio da testa ela exibe uma mancha vermelha, o que significa que é hindu. Ela diz sempre: "Todos nós temos um darma a cumprir". Papai inveja sua paz interior.

Shani vivia numa casa enorme, rodeada por árvores exóticas, gramados luxuriantes, quadras de tênis, canteiros de rosas, estábulos e alojamento para os serviçais. Seu quarto tinha o dobro do tamanho do casebre de madeira. Mesmo assim, sentia-se infeliz.

Ala-uddin, ajudante de cozinha de quinze anos, gosta de Radna e informa Shani que ele precisa ir falar com a mãe. Assim como em *Uma adolescência indiana*, ela reza, jejua, lê o Corão e recolhe esmolas para os pobres.

Papai conta sua história:

Certo dia Bibi levou Shani até o túmulo de Baba, a quarenta e cinco quilômetros de Poona. Situava-se no pátio de uma mesquita, num imenso prédio branco de porta prateada. Em volta dele havia árvores e campos verdejantes, onde cavalos e vacas pastavam, e pavões dançavam, exibindo seu esplendor colorido, enquanto papagaios verdes passavam no alto, gritando durante o vôo. Em torno do mausoléu de mármore havia centenas de peregrinos sentados com suas oferendas de flores, guirlandas, cocos, frutas, doces, tecidos, *biryani* e *kebabs*. No canto oposto estava sentado um velho desdentado de face encovada, barba branca esvoaçante e turbante branco encardido, recitando versículos do Corão. Um grupo pequeno de peregrinos, a seu lado, ouvia e cantava baixinho, YA HU YA HU.

Bibi senta perto dos peregrinos e chora. Papai desconfia que as lágrimas resultam de ela ter surpreendido o coronel Murad agarrando a esposa de um rico comerciante de vinhos parse no banco de trás do carro.

Em seguida, papai descreve a família durante o jantar. Trata-se de uma cena importante para ele, pois a desconstruiu no início de *Uma adolescência indiana*, e retrata um mundo que, neste livro, fica para trás quando eles partem para Bombaim.

A sala de jantar era decorada com candelabros, pinturas mongóis, enfeites indianos de latão, cortinas verdes pesadas e mesas de centro nas quais havia um vasto sortimento de talheres de prata, louça Wedgwood, cristais, decantadeiras e taças de vinho. Uma empresa francesa de móveis fabricara as mesas e cadeiras de mogno, que acomodavam vinte e quatro convidados.

Começa a chover; inicia-se a estação das monções, e o coronel Murad, em farda de gala, discute a guerra iminente. Em breve ele partirá para as manobras. Niazi está presente, o primo que levou Shani ao bordel em *Uma adolescência indiana*. Mas a cena ocorre antes: "Ele era um nacionalista radical, organizara diversas manifestações contra os ingleses".

Nesse momento começa a confusão. O cocheiro discute com Ala-uddin. Pelo jeito, há uma serpente no estábulo que assustou o cavalo que leva os dois meninos para a escola. O coronel Murad diz a Niazi, um caçador que já matou uma pantera e javalis, que mate a cobra a tiro. Mas está escuro dentro do estábulo; Niazi precisa de alguém para empunhar a lanterna. Niazi sugere Mahmood, mas Bibi impede a ida de seu filho predileto. O coronel Murad ordena a Shani que vá. "Shani mal pode acreditar. O pai quer que ele segure a lanterna dentro do estábulo escuro, com um cavalo e uma cobra venenosa lá dentro." O coronel Murad sai; papai fica furioso.

No pátio na frente do estábulo os empregados hindus e seus parentes se reuniram ameaçadoramente, sem camisa, descalços. "Não pode matar a cobra", alertam. Niazi passa pelo meio do grupo, apontando o rifle para os empregados. Dentro do estábulo, com meu pai, Niazi atira. O cavalo relincha e escoiceia. "Seus dentes enormes pareciam um colar de dentes de tubarão." Talvez a cobra não esteja morta; Shani aproxima-se com a lanterna. Finalmente, papai sai com a serpente morta na ponta de um taco de hóquei.

O grupo se revolta. Uma senhora idosa põe a serpente morta debaixo da árvore. "Para fazer *puja*.* Não queremos espíritos ruins aqui."

A cobra viu meu pai? Na ausência do coronel Murad, o espírito da serpente entrou em meu pai? Na manhã seguinte papai queimava de febre; passara a noite delirando. A cobra, a arma e o cavalo, símbolos marcantes, não o deixavam em paz, e como poderiam? O pai se foi; Bibi tem de chamar outro médico. Nani vem correndo de sua ala da casa e censura Bibi por ter obrigado Shani a sair na chuva.

O aspecto mais importante surge então, e se for verdadeiro muda a minha concepção da vida de meu pai. Sabemos que o casamento de Bibi com o coronel Murad tornou-se insuportável, brutal até, depois do nascimento de Mahmood. Quando o coronel Murad quebrava tudo em casa, os empregados gastavam horas para limpá-la. Numa tentativa de salvar o casamento, o coronel Murad levara Bibi para passear em Murree, cidade serrana no Norte da Índia, onde ela engravidou de meu pai. Ela quis fazer aborto, mas era tarde demais.

O coronel Murad, em vez de se dar a Bibi, deu a ela um filho, um filho que ela só poderia rejeitar, como se fosse um

---

* Oração ritual hindu. (N. T.)

presente indesejado. O coronel Murad retornou aos modos antigos, comprando um MG preto para a amante com o dinheiro ganho no pôquer. Shani foi criado por uma aia e Nani. Era um filho indesejado — uma sombra, portanto, sem pertencer a nenhum lugar, destinado a ser irremediavelmente solitário para sempre. Minha tarefa, tendo em vista tudo isso, seria de companheiro da vida inteira, de bom irmão. Talvez tenha sido nessa época que Bibi passou a viver no quarto e se dedicar inteiramente ao islã, voltando-se para Deus. Claro, na verdade ela e o coronel Murad teriam ainda três filhos, embora não haja menção ao fato.

A partir daí, o relacionamento central de *Um homem descartável* torna-se mais claro para mim: a semelhança entre o coronel Murad e Bibi, que papai transportou para os subúrbios londrinos, entregando seus próprios filhos a seus pais, para o propósito desta história. Isso talvez explique minha dúvida quanto ao personagem principal, tão antipático, oposto ao modo como meu pai se comportava. Desde então eu soube que meu pai fora "indesejado", o que considero uma espécie de superfluidade existencial, uma noção que meu pai explora furiosamente em *Um homem descartável*. Os indesejados sempre se sentem irrelevantes, onde quer que estejam, e independentemente do que façam.

Curioso, esse romance escrito no verso de folhetos de assistência espiritual. Um deles anuncia uma série de conferências: "Os temas incluem: O Homem Físico — Sistema Nervoso e Glandular. Conduta dos Curandeiros e o Ato de Curar; A Mente Criativa". Já resenhei livros antes, mas nunca o papel em que foram escritos. Mesmo assim, isso me ajuda a lembrar que, no final da vida, meu pai travou uma amizade profunda com uma especialista em curas espirituais. Ele, ela e minha mãe saíam juntos, e eu me perguntava por que papai se interessava por aquilo. Agora sei que Nani se considerava uma espécie de *"hakim,"* curandeira, praticante de medicina ayurvédica". Ela levava para a cama um tijolo vermelho quente embrulhado na toalha e o punha em cima da barriga para estimular o fígado preguiçoso. Ou se cobria com sanguessugas, para purificar o sangue. O coronel Murad, um médico convencional, desaprovava a conduta e chegou a jogar um balde d'água em cima dela.

Devo confessar que meu avô está subindo no meu conceito. Gosto de seu uniforme e das armas, do criado, do clube e do hábito de jogar, bem como das amantes de MG preto. Seu gosto pelo verde eu dispenso; no mais, para mim ele é uma figura atraente. Lembro-me de que Sattoo se referia a ele como "um grande homem". Com um filho lamuriento como meu pai e uma esposa como Bibi — deprimida, confusa, infeliz, trancada em seu quarto, sempre a manipular as contas de oração —, não surpreende que ele às vezes se mostre irritado e frustrado. Depois de ler tanto a seu respeito nos livros de meu pai, o que eu gostaria mesmo era de vê-lo mais jovem, com os outros filhos e filhas. Vejo agora que meu pai era mais parecido com o pai dele do que percebia. O coronel Murad dava instruções e controlava a família usando o amor e a lealdade; se falhassem, recorria à força. Papai não usava a força, sendo mais próximo, inibido e medroso que o pai dele, pois a vida fora arrancada dele muito cedo. Papai era gentil, também. Queria ser um bom pai e gostava dos filhos — ocupávamos o centro de sua vida. Sinto culpa por dizer isso, mas apesar de tudo gosto da autoridade do coronel Murad. Com meus próprios filhos, às vezes sinto-me fraco, desprovido de convicção; não tenho idéia de como puni-los, nem mesmo se devo puni-los. Quando perco a paciência, peço tantas desculpas que eles ficam constrangidos.

---

* Médico ou juiz muçulmano. (N. T.)

No entanto, não é a santificada Nani quem pode curar papai. Quando Shani está de cama, doente — pode ser que morra — o livro muda de rumo com êxito, em minha opinião. Meu pai raramente faz isso, mas ele é melhor do que imagina, ao descrever outros personagens e ao adotar outros pontos de vista. Estamos numa choupana num vilarejo onde reside a família da criada Radna. Preocupada com o estado de Shani, Radna corajosamente procura Bibi e lhe diz que deseja ajudar. Radna busca um homem santo hindu, Sepira. Radna sabe que foi o olhar da cobra — ao ver o medo e o impulso assassino de papai — que envenenou Shani. Na casa da família Murad, o *mulvi* e seus colegas preparam os ritos finais. Bibi, perturbada, ajeita tudo para a lavagem e enterro do corpo de Shani. Não podemos esquecer, claro, que ela já havia perdido um filho na China.

Sepira, o encantador de serpentes, é uma figura grandiosa perante a qual os crentes se prostram "quando ele percorre as vielas estreitas cheias de oficinas de costura, casas de chá, bancas de verdura, mendigos, vacas, *sadhus** sem roupa, velhos enrugados dormindo em catres, carros de boi cheios até não mais poder de cana, charretes e excremento humano amontoado sob uma nuvem de moscas". Ele mantém um relacionamento místico com serpentes e outros répteis. Ao andar pela casa do coronel Murad, ele murmura: "Estorvo, tudo estorvo...".

Ele é descrito do ponto de vista de Bibi:

Despido até os pés, com exceção de um pano preto amarrado na cintura fina, em seu corpo preto como carvão não havia um grama sequer de gordura. Seu cabelo encaracolado descia até o ombro, e ele o usava para trás, preso por uma fita. Exibia uma faixa vermelha larga na testa, que quase cobria as três linhas feitas com pasta branca. A barba era curta e limpa, com um bigode grosso.

* Homem sagrado, para os hindus. (N. T.)

Apesar de ser muçulmana, Bibi permite a entrada do santo hindu. Sepira massageia Shani com óleo. "De repente, ele agarra sua perna e morde a veia, perto do tornozelo, suga um pouco e depois cospe rapidamente no chão um pouco de sangue manchado de amarelo. Repete o procedimento até o sangue de Shani sair vermelho."

Tendo sido bem-sucedido na tentativa de salvar meu pai removendo o veneno, Sepira medita e canta. Sob seu encanto, papai descansa e começa a se recuperar. Bibi despacha o *mulvi*. A doença, como ênfase para o desamparo, funciona bem como forma de despertar a compaixão feminina; mais tarde, claro, meu pai passou anos doente.

Papai voltou à escola, onde foi forçado a "usar um chapéu pontudo em forma de cone no qual estava escrito, em letras grandes, Burro". Ele acredita que o problema é dele: "Ele deve ser mau". O que mais gosta é de música. Quando irmã Ursula, uma freira irlandesa, dá aulas de piano, ele fica ouvindo do lado de fora. Quer tocar piano, mas o pai o proíbe. Papai conta: "Em nosso país, a música era tocada por eunucos ou cozinheiros de Goa. Portanto, uma atividade imprópria para alguém de família militar, pura perda de tempo".

Ele demonstra interesse por mulheres religiosas; vale lembrar que compara a prostituta de *Uma adolescência indiana* com Madre Teresa. Minha avó materna era muito religiosa e eu notei que a conjunção avó-mãe-menino foi reproduzida em nosso família. Eu era chegado a minha avó; dormia em sua cama, nunca com minha mãe. Sob a influência de irmã Ursula, papai começou a gostar de Bach, Handel e canções folclóricas irlandesas. Outra freira o leva à cama dela, quando ele se resfria. Um retrato "de um Cristo triste na cruz" chama sua atenção. Em casa, quando Bibi o apanha de joelhos na frente de uma imagem de Jesus, ela o repreende violentamente: "Aqui só rezamos para Alá, nunca para ídolos e falsos deuses!".

Esses são os consolos. No mais, ele é desprezado na escola por chegar de "carruagem preta imponente, com cocheiro de uniforme preto com turbante branco esvoaçante, que carrega sua mala". Papai gosta da cultura de rua indiana: cabeleireiros, dentistas e camelôs. Em Londres, meu pai sempre apreciou o pessoal do Caribe: para ele, eram barulhentos e desinibidos, amantes da música que não se preocupavam com o que os outros achavam deles. Os outros meninos indianos o desprezavam por ser muito refinado, criticando seus pais por "tendências britânicas". Isso causa constrangimento com os meninos que um dia governariam a "Índia livre". Eles levavam bandeiras do Congresso para a escola, e colavam cartazes de Gandhi e Nehru nas paredes.

Apesar da falta de amigos, um menino da mesma turma convida Shani a jogar críquete em seu time, os Muslim Wanderers. Shani já jogara muito pelo Junior School xi. Até seu pai o elogiava. A partida seria disputada num vilarejo a dezoito quilômetros de distância.

Shani pede a Nani que o leve para comprar um taco de críquete. Os dois vão ao centro: em Poona, papai descreve as lojas depredadas; há *lathis* quebrados, placas, cartazes e panfletos espalhados pela rua, além de sangue fresco. Ele e Nani discutem seu futuro. Seu pai quer que ele entre no exército; papai quer ser jogador de críquete, e Nani quer que ele se torne juiz.

O jogo de críquete em si é um tremendo espetáculo. Para minha surpresa, meu pai visita um vilarejo indiano pela primeira vez. Ele só conhecia a Índia "ocidentalizada". Fica horrorizado quando vê um leproso pela primeira vez. Depois, o campo de críquete: "O Maidan era um campo amplo abandonado, com trechos marrons por causa das várias semanas sem chuva, ao lado de um milharal onde os lavradores semeavam. Montes enormes de esterco de vaca, alguns frescos, outros secos, espalhavam-se pelo campo como minas explosivas". Uma manada de búfalos é conduzida pelo campo.

O árbitro é proprietário do restaurante iraniano local. Sendo dono da bola e do equipamento para críquete, ele insiste para que seu filho gordo jogue pelo time do vilarejo. Quando os Muslim Wanderers se recusam a deixar o outro lado ganhar, o jogo é suspenso.

Ver os moradores do vilarejo provoca uma crise de identidade em meu pai. "Era ele realmente um indiano?" Quem eram aqueles?, Shani pergunta a Mahmood, que lê *Just William*, Sexton Blake, Sapper e Sherlock Holmes. "Por que você está mais próximo dos ingleses do que dos indianos?" Este, vale lembrar, é o irmão que passará a vida no Paquistão. Mahmood retruca: "Você não consegue um bom emprego se não conhecer os ingleses. Papai não chegaria a oficial se fosse um Gandhiwallah".* Ele pronunciou "Gandhiwallah" com certo desprezo.

De volta à casa, papai vai falar com Radna, mas a encontra brincando com Ala-uddin. Inevitavelmente, sente-se excluído também ali.

A derradeira cena do livro é uma visita da família do coronel Murad, com a qual Bibi antipatiza. Ocorre um incidente interessante do lado de fora da casa, quando a família chega — Bibi ri da "imensa arca marrom amarrada por cordas no teto do carro. Karamat e sua família nunca viajavam sem sua arca pessoal, que exibia os seguintes dizeres, em letras grandes, 'Sr. Karamat-ullah, Coletor da Alfândega'. Ele supervisiona pessoalmente o canto onde a arca será instalada, temendo que fique voltada para Meca".

O livro termina com papai e Shireen, sua prima mais jovem, indo para o rio, onde papai tira o sapato e a meia para mo-

---

* Ligado a Gandhi. (N. E.)

lhar o pé. Papai ergue os olhos e vê Radna chorando. Papai se dá conta de que Shireen é a moça que as duas famílias querem ver casada com ele. Vislumbra o destino que o aguarda. Mas esse casamento específico é o futuro que ele renega: não viverá assim.

Omar mantém uma coluna no Paquistão, "Por todos os lugares", e mandou um texto seu para mim, chamado "Caixões separados". É a respeito de dois gêmeos siameses iranianos de vinte e nove anos, grudados pela cabeça, que morrem em Cingapura quando a cirurgia para separá-los fracassa. Omar diz que a história o comove, por pior que esteja o mundo no momento. Ele menciona que os gêmeos querem se separar porque um pretende ser advogado, e o outro, jornalista. Curiosamente, ao examinar minha certidão de nascimento outro dia notei que meu pai colocara como profissão "estudante de direito". Omar, claro, era e continua sendo jornalista, nasceu numa família grande, rodeado por numerosos filhos, amigos, criados, avó e pais. Agora ele reside num apartamento pequeno em Karachi, numa época em que o mundo muçulmano atravessa seu pior período de convulsões desde a descolonização.

Apesar das vicissitudes de sua vida, Omar escreveu e publicou três volumes de sua autobiografia, cobrindo um período fascinante, que a história de sua família reproduz. Seus livros são em parte sobre o tempo e o que ele causa ao conceito de lar. Papai dizia sempre que não tinha lar, não pertencia a lugar nenhum, algo que eu considerava difícil de entender. O que significa "pertencer", afinal? Que importava tudo isso? Seu "lar" não era o lugar onde seus amigos e filhos viviam? Lendo os livros que meu pai e Omar escreveram, vejo o que significa "pertencer" para a família, e o quanto isso pode ser caloroso, difícil e restritivo. Mas meu pai descobriu uma outra maneira de pertencer, nos subúrbios; ele gostava do conforto, da mesmice e da ausência de comoção. Quando me visitava em Londres, vendo as ruas miseráveis tomadas por bêbados, loucos e excêntricos, ele ficava nervoso. Talvez quisesse escapar de suas lembranças: conflitos familiares intensos, religião, agitação política.

Não resta dúvida, particularmente à luz do terceiro volume de Omar, *De volta ao Paquistão*, de que a família vivia no Paquistão em meio ao caos político, corrupção, violência e repressão. Trabalhando na embaixada do Paquistão em Londres, papai sabia muito bem o que estava evitando. Até Sattoo, com seus negócios, família grande e casa luxuosa em Karachi, às vezes invejava a vida de papai em Londres. "Pelo menos você sabe quem estará no governo amanhã! Pelo menos sabe que haverá um governo!" Omar, no final de *De volta ao Paquistão*, leal como gosta de ser ao país que, segundo ele, "lhe deu tudo", só consegue dizer: "O que deu errado? Pois alguma coisa saiu errada. Está escrito no rosto das pessoas. Está escrito em seus olhos que algo deu errado". Tootoo disse algo do gênero quando lhe mandei a versão inicial deste livro. "Os comentários de Achoo sobre os pais não são bons para a família no Paquistão, onde podem criar problemas com o pensamento estilo *mulá*. Sugiro que você os altere no que for possível." Ele me contou que meu pai era seu irmão preferido, de quem gostava mais; e que o dia do enterro de papai foi o pior de sua vida.

Ao abrir a pasta verde e ler, descobri que meu pai escreveu durante anos a respeito de como era ser indesejado, tendo um irmão mais velho talentoso e preferido. Apesar do bloqueio e de muito desestímulo, ele escreveu a vida inteira, contra todas as perspectivas, recusando-se a se calar. Estou contente por ter encontrado esses livros de meu pai, feliz por tê-los lido. Meu pai finalmente recebeu de mim o que desejava ao sentar para escrever, todas as manhãs: suas histórias foram lidas, analisadas, vivenciadas, tornando-se tema de conversas. Ao serem recontadas por mim, adquiriram um significado maior do que ele pretendera. Ele ficaria surpreso, aborrecido, e até divertido pelo que seu trabalho se tornou na minha cabeça, pelo pouco domínio que tem do destino de suas palavras, mesmo quando conta o seu lado da história. Mas esse é o caminho de qualquer forma de expressão, e o que ocorre aos pais quando se tornam os mitos dos filhos.

Ler e escrever sobre minha família: penso no rapaz de dezesseis anos num jardim em Poona, trocando o paraíso por Bombaim, depois por Londres, e no mundo que o aguardava; o rapaz que se torna o adulto revoltado no final de *Um homem descartável*. Entre outras coisas, essa foi a história de gerações, relatada pelo lado masculino, desde meu avô, o coronel Murad/Kureishi, passando por meu pai, seus irmãos, eu e meus filhos, três meninos ingleses chamados Kureishi. Através de minha leitura e da escrita alheia, contei episódios do passado, imaginando a partir de sua imaginação. O coronel Murad, de família militar, dá a impressão de ser um pai autoritário. Meu próprio pai era um pai ao estilo dos anos 1960, desejava ser amigo e companheiro do filho, além de se destacar no mundo por meio do filho. E eis-me aqui, uma geração depois, enrolado, sem saber o que é um pai, o que deve fazer, sem saber nem mesmo o que é um homem, hoje. Essa especulação sobre pais não é apenas local: há uma relação profunda entre os tipos de famílias existentes numa sociedade específica — o ideal familiar, digamos — e o sistema político possível. Não se pode ter um sistema político liberal e democrático numa sociedade de famílias muçulmanas, rigorosamente organizada em torno da posição simbólica do pai absoluto.

Em parte graças ao trabalho de terapeutas e teóricos da infância que Achoo admira, os filhos ocidentais são tratados com menos severidade; há menos disciplina, menos ênfase no silêncio, nas boas maneiras, no aprendizado pela repetição. Graças a sua liberação, os homens de minha geração estão mais inclinados a avaliar suas vidas em termos do relacionamento que mantêm com os filhos, e não apenas em termos de sucesso social, financeiro e sexual. O feminismo libertou as mulheres da exclusiva função maternal, permitindo aos homens reivindicar esse espaço. Ser um bom pai significa ser uma boa mãe também, o que traz novas questões a respeito desses dois papéis.

Além da situação política, penso em como deve ser viver sozinho na idade de Omar, claro. Um amigo, não muito mais jovem do que eu, disse outro dia, quando seus pais finalmente se separaram: "Bom, eles jamais deveriam ter casado". De quantos casamentos se poderia dizer isso, que o casal viveria melhor com cada um para um lado, fazendo coisas diferentes? Em dois romances meu pai escreve sobre paixão sexual e a dificuldade de um casamento de longa duração, tanto de seus pais quanto do seu. Eu era mero espectador do casamento deles, mas me parece que ele e minha mãe passaram a apreciar mais a companhia um do outro depois que os filhos saíram de casa. Eles iam ao cinema e a museus, viajavam. Talvez quando o casal se dá conta finalmente de que não há saída exceto a aceitação, e a derradeira oportunidade de sentir prazer com a companhia do outro, possa haver uma avaliação crua e realista do que é ou não possível.

Parecia ser um esforço para meus pais lembrar por que eles queriam estar juntos, embora não tivessem dúvidas de que as dificuldades haviam aumentado, havia uma crise entre homens e mulheres, enquanto as relações dos adultos com as crianças mudavam. Meus amigos, em sua maioria, se divorciaram, e muitos fazem "terapia de casal". Não tenho ilusão de que um amor duradouro seja o paraíso para meus filhos, mas isso não é tão fantasioso quanto a noção que fui ensinado a aceitar, nos anos 1950 e 1960, de que um indivíduo devia encontrar seu ideal na figura do outro, e passar o resto da vida com essa pessoa.

No final, claro, a gente nunca pode sair de casa. Por mais que conheçam os pais, os filhos sentem que suas vidas são misteriosas, não só porque o desejo e a sexualidade dos pais está fora de seu alcance, mas também porque a lição, no caso, é sobre desconhecimento. Uma coisa a gente vê, embora leve a vida inteira para entender: que m ser humano — seus pais e depois você — é profundamente desconhecido. A respeito de meu pai, após tudo isso, sinto algo que só é possível depois que se conhece a pessoa por um longo tempo: que não o conheço nada, no fundo.

Se ao menos pudéssemos restringir nossa história ao passado, mantendo-a lá... mas a história está a uma piscada, é o presente em outro aspecto. E, ao escrever este livro, fui levado a outros questionamentos, como: qual é a história de cada indivíduo? Onde ela começa e se encerra? E, mais importante, como essa história continua a agir dentro de nós? Por mais desconhecidos que sejam, para onde os mortos vão e o que fazem lá? Onde está meu pai? Fantasmas fixam residência entre os vivos, claro — podemos ouvir suas vozes dentro de nós —, mas de que maneira? Como essas vozes nos libertam, e como nos prendem? À medida que o tempo passa, como se altera sua força e seu tom? O que passam a significar? Quais são os limites para os filhos, em termos de expectativas dos pais, e como os filhos os superam? Mais ainda: será o controle deles depois de mortos mais severo que quando vivos? Em que medida os mortos determinam a vida dos vivos? Que influência eles têm sobre nós? Como os mantemos vivos dentro de nós? E como os tiramos do caminho, para que possamos viver numa outra era, como pessoas diferentes?

Meu pai me deu o que desejava para si, e foi muito: para começar, a formação que faltou a ele. Se eu me interessei por certas coisas, foi por causa do que havia na cabeça dele, juntamente com as visitas à biblioteca, feitas com minha mãe. Depois, a partir das tentativas terapêuticas de meu pai de escrever, da energia de seu compromisso rigoroso, descobri as histórias que eu tinha para contar. É enorme o prazer que tenho em passar a vida escrevendo, e o quanto isso me sustenta e funda. Foi onde comecei e é para onde vou. Talvez, fazendo isso, eu tenha dado a meu pai alguma coisa em troca; talvez minha dívida esteja paga. Ser contador de histórias, ganhando a vida escrevendo, educando meus filhos — meu pai teria considerado isso um modo decente de viver, uma forma de realização, desenvolvida a partir da história familiar da qual ele faz parte.

Agora, como sempre, estou sentado numa sala esperando que uma mulher chegue e me salve, mas ninguém chega. De todo modo, a sala é boa, quente, segura, controlada; para além dela não há mapas; papai fez todos os mapas, pertencem a ele, e ele os levou consigo. Lá fora reina o caos, desconhecido e selvagem, e é o único lugar para se ir, de cabeça.

Guardo o original de papai de novo na pasta verde, guardo-a debaixo de uma pilha de papel e saio da sala.

ESTA OBRA FOI COMPOSTA PELO GRUPO DE CRIAÇÃO EM ELECTRA E IMPRESSA
PELA GEOGRÁFICA EM OFSETE SOBRE PAPEL PÓLEN SOFT DA SUZANO PAPEL E
CELULOSE PARA A EDITORA SCHWARCZ EM OUTUBRO DE 2006